されど愛しきお妻様

「大人の発達障害」の妻と「脳が壊れた」僕の18年間

鈴木大介

講談社

まえがき

僕の妻は、いわゆる大人の発達障害さんです。同棲開始から5年で結婚し、それから13年半……。その間、妻が悪性の脳腫瘍で倒れたり、僕自身も脳梗塞で倒れて高次脳機能障害を抱えることになったりと、紆余曲折を経て、「現在は」とても平和に暮らしています。「現在」を強調するのは、もしふたりともが病気で倒れることがなければ、我が家は空中分解した可能性があったからです。

昨今はちょっとした発達障害ブームで、「発達障害者はきらめく才能を持つ」的な前向き言説も世の中に嫌というほど出回っていますが、ちょっとこれはあまりありがたくないと僕は考えています。というのは、実際に当事者と暮らす側からすれば、綺麗ごと抜きで大変なことが多いし、その才能が開花しない当事者にとっては残酷で無責任な言説にも感じるから。脳梗塞で倒れる前の僕は社会的弱者を主な取材ターゲットにした取材記者でしたが、発達障害の当事者は多くの場合その才能を開花させるどころか、社会から排除と攻撃のターゲットになっている方が大多数のように感じてきました。

数多くの当事者本や秀逸な支援本がある中であえて本書を書くのは、発達障害の当事者が、特に家族コミュニティの中で、共に暮らす者に傷つけられたり、逆に傷つけたりといった不幸せなケースが非常に多いからです。

僕の妻もまた、幼少時代は家族に、そして僕と出会ってからは僕自身に、否定され続け傷つけられ続けましたし、僕自身も妻を支えていくことに大きな苦痛を感じながら生きてきました。

なにもなければ、本当に傷つけ合うだけで終わってしまっていた夫婦かもしれない。

けれども僕は脳梗塞になり、高次脳機能障害を抱え、日常生活や仕事の中で病前なら当たり前にやり遂げられた多くのことがまるで完遂できなくなるという経験をしました。それは比較的軽度のものでしたが、高次脳機能障害とは先天的障害である発達障害に対し、「後天的発達障害・発達障害の中途障害バージョン」とも言える障害です。

そして、妻と同じ障害の当事者感覚を得たことで、僕は初めて妻がなにに不自由を感じていて、なにがどうしてできなくて、それがどのように苦しくて、どのようにすればできるようになるのかを、身をもって知る機会を得ました。妻は障害の先駆者として僕を的確に支え、ふたりで家庭を抜本的に改革していきました。

世の中では、パートナーが当事者という方や、不定形な発達をもつお子さんを抱える親御さんが、非常に苦しい思いをしています。我が家が家庭環境を改善した経緯はとても特殊だったとは思いますが、元定形発達で中途障害として高次脳機能障害を抱えることになってしまった僕が痛感したのは、周辺者も辛いが、なによりも当事者が理不尽な目に遭っているケースが多いのではないかということです。

発達障害当事者とその家族が理解し合うために、本書がほんの少しでも手助けになってくれればと思います。

なお、本書では発達障害と不定形発達という表記が混在しますが、これはたとえ医療機関に発達障害と「診断」されなくても、発達に不定形のある当事者が抱える不自由や苦しさは共通し、むしろその見逃されたボーダーライン上の人たちのほうが無理解の中で苦しさを抱えていることを無視したくないとの気持ちを込めた表記です。

されど愛しきお妻様／目次

まえがき　1

序　8

第一章　彼女様との出会い　23

わたしは駄目な子要らない子／メンタル病んだ女性しか好きになれない？／スケープゴート型のアダルトチルドレン／あらゆる「せめて」が打ち負かされていく／なにがなんでもふたりで行動／フライングカレー皿事件／断薬してバイトを始める

第二章　彼女様がお妻様に　65

あの彼女様が戻ってきた／「スルー力」と「逆ギレ力」／ネタの範疇／ぼぼぼぼくとけけけけっこんしてください／加速するカオス／薬への不信／精神的ＤＶ夫

第三章 まずお妻様が倒れ、そして僕も倒れる 87

お妻様の死を予感する／ヒャッハーしてましたよね／涙を流したのはたったの一度きり／なるべくしてなった／ようやくあたしの気持ちがわかったか／高次脳機能障害と発達障害は同じもの

第四章 発達障害妻＆高次脳夫の家庭改革 113

発見と考察の日々／ルンバをポチる／お互いに譲れないこと／お義母ちゃん登場／そんなんで泣くなよ、面白いから／ようやくコンセプトが固まる／まだありがとうが足りねえ／「なぜできないのか」が見えてきた／ネオお妻様の誕生／わかるわかるわかる。それめっちゃわかる！／結局「頼んだほうが早い」／いちいち凹んでたら、死んじゃうよ？／今日はザワチンなの？／炊事的化学反応／「頑張っている量」が平等になった

最終章 なぜお妻様を治療しないのか 193

不自由の先輩／発達障害も含めたパーソナリティが好き／やっぱ家事はふたりでやったほうが楽しいよね／以前のふたりには戻りたくない／お父ちゃんのちゃぶ台返し／「やれて当たり前」がやれないことの辛さ／「障害に甘えるな」は禁句

あとがき 220

イラストレーション 小山萌江
ブックデザイン 鈴木成一デザイン室

されど愛しきお妻様

序

フリーランスの執筆業なので、自宅2階の寝室隣が職場という名の仕事部屋。特に打ち合わせや取材などで外出予定がなければ、朝7時の起床後に1階茶の間に降りて軽く掃除だけやって、すぐに仕事部屋にこもる。

誰に管理されているわけでもないが、一日の理想のスケジュールは、軽食をとりつつも15時ぐらいまで集中してデスクに向かい、一日のタスクの大半をこなしてしまうもの。残りの時間は休息タイムと、執筆済原稿の推敲作業にあてられれば、完璧だ。

まあ、大体がそんなにすんなり行かずに夜までダラダラと仕事部屋と居間を行ったり来たりするわけだが、何日かぶりに理想モードで仕事が終わった年の瀬のある日、15時16分。午後の陽射しの中、原稿を書き上げた解放感と淹《い》れ立て珈琲の香りも快適な1階茶の間に、奴らがやってきた。

ダバダバ、ニャー、ドスドス、ニャッパー。

階段を駆け下りて茶の間に駆け込んでくる、合計23キログラム、5匹の猫。そして、猫に

遅れること数秒で、
「はよーざまー」（おはようございます）
と気の抜けた声で入ってくるのは、猫どもの主《あるじ》。頭ボサボサで半分目が開いていないパジャマ姿の我が「お妻様」、おん歳38歳である。様がついているのは、奴は怒らせると怖いというか、むやみにしつこいからである。

全然おはような時間じゃないが、お妻様は宵っ張り体質でたいがい朝方まで起きているものだから、正午から午後3時ぐらいまで猫5匹と寝室で絡まり合っているのが平常運転。起きる時間は特に決まっておらず、「起きたい時間が起きる時間」という反社会性丸出しの日常生活を送っている。パジャマ姿なのも平常モードで、お妻様は基本的に外出予定がなければ一日中寝間着のままだ。ていうか貴様、なぜ今日「も」靴下片っ方しかはいてないのだ。

面白いので観察しよう。

まず3桁まで血圧が上がることがない超低血圧のお妻様は、ここからの起動に時間がかかる。大昔のメモリが足りない安物パソコンみたいに、なかなか起動しない。

窓辺に歩み寄り、陽射しを仰いで「溶ける～」と呟きながら庭のポストを確認しに行き、戻ってくると猫5匹に絡みつかれながら猫水の入れ替えと、5匹分の猫飯を皿に計量。見ればその目は未だまともに開いていていない。

もつれる足でトイレに行く道すがら、

「こんにちは〜」

誰にご挨拶!? 振り返れば、天井を見上げて「君はここで越冬するつもりかい?」と語りかけているお妻様。その視線を追えば、会話の相手はどうやら天井にくっついた小さなクモさんである。

お妻様はクモを見ても、キャーとかギャーとか言わない。家の中にクモがいるのは我が家が農村の緑に囲まれたボロい中古住宅だからではなく、お妻様がクモさん大好きだからである。この家に越してくる前のアパートでは色とりどりのハエトリグモに「もっくん1号」「もっくん2号」などと名前をつけて、荷物と一緒に引っ越してきたぐらいだから、天井の角や鴨居にクモが張った巣を僕が掃除すると「なにしてくれとんじゃー!」とお妻様はめっちゃ怒る。

そのため我が家の端々には彼らが自由自在に巣を張り、ただでさえ古い家が少しホラー風味だ。時折、トイレの窓の外に子どもの手の平ぐらいあるアシダカグモがドデカイ卵嚢《らんのう》を抱えてへばりついていたり、夜な夜な猫どもと大バトルを繰り広げていたりもするから、そっち系が苦手な方には冗談抜きのホラーハウスである。

やれやれ。トイレに入ったっきり出てこないのは、多分トイレの中に積んである『発光する深海生物図鑑』だとか『日本の猛毒を持つ生物図鑑』だか謎の蔵書を読んでいるのだろう。ようやくトイレから出てくると、紙パックのココアを冷蔵庫から出してひとくち。

僕のいる茶の間テーブルの隣の椅子に体育座りすると、ぼんやりしながら膝を抱えてゆらゆら揺れている。どうやらまだまだ脳は起動準備中らしい。まあ、奴は脳が起動した後もゆらゆら揺れてることが多いのだけど。

ちなみにお妻様の毎日の朝ご飯は、バナナと牛乳と豆乳をミキサーで混ぜた特製バナナジュース。これはご自分でお作りになることになっている。

目を閉じて船をこいでいるので「バナジュー飲みなよ」と話しかけると、僕の声に反応してニャーと寄ってきて立ち上がる猫と手を合わせて「ハイタッチニャー」。

え？　猫とハイタッチして、俺の言葉は無視っすか⁉

その後も観察を続けた結果のお妻様の行動はこんなである。

前日に僕が飲んだ安物ワインの瓶を手にじっと見入る。

瓶を置いて、そのままテーブルに突っ伏し、ガバッと起き上がって深いため息一発。

起床から16分、再び天井を見上げて「あのもっくん（クモ）はどうするべき？　戸棚の中に入ってくれればいいんだけど」（床に降りてきて猫に惨殺されるのを心配しているらしい）。

再びワインの瓶を手に取り、「仔鹿？」（瓶に描かれた『プードゥ』＝仔鹿のシルエットが気になっていたらしい）。知らんわ。

最も太った猫（6キログラム強）を膝に抱えあげ、フヨフヨの猫腹に額を埋めていると思いきや、唐突に「ガッツ石松♪　ガッツ石松♪　ね〜ガッツ石松だよね〜」と肥満猫と会話。意味がわからなすぎて、猫だって返事をしない。

「なにそれ？」と聞けば、

「あれガッツ石松じゃん？」

答えになっていないわ！

「だからなにそれ？」

「いまお外でトラックの人がバックしてて、バックします、バックしますって警告音がガッツ石松なんだよ（って聞こえるんだよ）」

へぇーそうですか。半ばキレ気味に言いますが、僕は君に早くバナナジュース飲んでほしいんだけどな〜〜。イライラ。

ちなみに超省エネな体質のお妻様は、朝（？）のバナナジュースを飲むと、その次に食物が食べられるようになるのは4〜5時間後。無理に食べると逆流性食道炎を起こし、胃の激痛に脂汗をかいて救急車沙汰という面倒な持病もある。だが最大の問題は、我が家では炊事のイニシアチブは僕がとっているので、お妻様の朝バナナが遅れれば遅れるほど、僕が一日の家事を終えて休める時間が遅くなるということだ。

そして起床24分後、ようやく立ち上がったと思いきや、ブラシを取り出してボッサボサの髪をとかしだすお妻様。「あー、お風呂入らなきゃ……」って確かに君、そのツヤッツヤのキューティクル（脂）、いつから風呂入ってねーんだこのヤロー。

再び猫がニャー。「お前ご飯なの？」とお妻様。どうやらさっきのターンで餌を食べなかった猫が食事をご所望の様子。新たに猫餌を補充するお妻様は、座り込んで餌を食べる猫の背中にある小さな円形脱毛をチェックし始めた。

俺はね、猫じゃなくね、貴様が飯を食うのをね、一生懸命待っているんだけどね……。

猫のご飯が終わるのを見届けると、居間の座椅子に移り、タブレットでメールチェックを開始。なし崩し的にＳＮＳチェックなど始めてしまっているらしい。嗚呼……。

「で、お妻様はなにをしているのかな？」

「Ｆａｃｅｂｏｏｋとかメールとか見てるよ」

「それはバナナのあとじゃ駄目なのかなあ？」

「ごめん」

でも、動かないお妻様。あー、イライラ。

＊

そんなこんなで結局、お妻様のＯＳがまともに起動し、キッチンに立ってバナナの皮をむき出したのは、起床41分後！　本当に君を見ているとＷｉｎｄｏｗｓ95時代のパソコンとか思い出しますよ。絶対インテル入ってない。

しかもバナナの実についている筋的なものが気になるお妻様はバナナの皮をむいて小さく

切るだけの作業にみっちり5分をかけ、ついでにまな板を倒して「ごめんごめん」と、なぜかまな板に謝罪。

やっとミキサーにバナナと牛乳と豆乳を入れ、スイッチオン！　したと思ったら、今度は自分の服についた糸のほつれが気になったらしく、作業中断。ハサミを出して糸をカットするも、切った糸はゴミ箱じゃなくコンロのほうにポイ。ハサミは出しっ放しで、ミキサー再開……。

ようやくできたバナナジュースを手に取ったお妻様は、茶の間のテレビ前に落ち着くのであったが、ツッコミどころはさらに加速する。

ニュース専門チャンネルを見ながら唐突に「ねー、このお父さん熟女好きなのかな？」との問いかけ。どうやら46歳の女性の息子が母親の再婚相手の男性（24歳）をハサミで刺したという痛々しい報道の感想らしいが、正直僕に話しかけているのか猫に話しているのかわからんし、いずれにせよ下らんので無視していると、「ねえねえねえ、熟女好きだったのかなあ？」

知るか‼

そう言えばお妻様、あなたさっきコンロのほうに糸ゴミポイ捨てして、ハサミも出したままですけど？　指摘すると、「フンドシフンドシ　イチゴパンティ」ってお妻様、それはなにかの言い訳の言葉なのでしょうか？（漫画『ワンピース』からの引用らしい）

いいから早く、その、ひとくち飲んだだけで座卓に置きっぱなしバナナジュースを！　再び手に取りやがれ！

「あとさあ、お正月のネイルどうしようか悩んでるんだよね。旭日旗にしたら右翼の街宣車に囲まれるかな？」

知らねえよ！

「ニュースでさ、起訴《きそ》内容と言うと、糞《くそ》内容っていっつも聞き間違えるよね」

間違えねえよ！

結局こうしてお妻様がバナナジュースの朝食を終えたのは、起床から1時間14分後なのであった。ハアハア……。

＊

「さてお妻様、クイズです。今日、君が起きてから何分ぐらい経ったでしょうか？」

「えー、30分ぐらい？」

その2倍半ですよコノヤロー。

さあ、これが演出なしの完全リアルお妻様実況メモ。そしてお妻様の大変スタンダードな日常。いわゆる大人の発達障害さんであるお妻様は、注意障害が激しくて、ひとつの作業をしていても目に入った他の物に注意を逸らされると、本来やっていた作業を遂行することがまずできない。
テレビを見ながら食事などしているのを観察すれば、まず第一に視線はテレビで箸の先を見ていない。一度箸にとった物を口に運ぶ途中で手が止まり、途中で力が抜けて食べ物を落とす。そんな繰り返しで、1時間以上かけて「おかず一品のみ」ということもある。一品のみなのは、他の皿の存在に「気づかない」からで、ご馳走様してから「あ、まだ一品あった」なんてことはざらだ。別にうちの食卓は貴族のテーブルみたいに端っこから端っこまで何メートルもあるわけじゃないけど、お妻様はその机の上の物を目前にしながら見失い、見落とす。

逆にスイッチが入って何かに集中すると、時間の感覚を喪失するようで、1000ピースもある糞面倒くさそうなジグソーパズルを半日で仕上げたりもする。このスイッチがだいたい夜中に入るものだから、寝るのはたいがい夜明け間近ということに……。

自発的に行う家事と言えば、猫の世話のみ。入れてやらなければ風呂にも入らない（体臭がほぼゼロなのでそれでもスッキリした顔をしているのがまた腹立つ）、食べさせないと野菜絶対食べない、こちらが無視していてもひたすらなにか（猫とかクモとかカマキリとか金魚とか窓にひっついたヤモリとか）と話しているし、連れ出さなければ一歩も自宅を出ないし、率先して家事はやらないくせに10年来ほぼ無職の無収入で、平然と「働いたら負けでごじゃる」とか言いやがる。

*

「鈴木サン大変ですねえ」

周囲からそんな苦笑混じりの同情を投げかけられつつ、同棲5年の結婚13年半。おつきあい開始のときは19歳だったお妻様は、今や立派なアラフォー無職にお育ちになった。ああ、大変でしたとも。絶対あんたらが思ってるより激大変だった！　お願いしても働いてくれないし、不安定なフリーの記者業でシングルインカムは辛かった。18年のうち、ほとんどの時期は稼ぐことも炊事も洗濯も掃除も、僕独りで背負い込んできた。

けれども、実はこの1年ほど前から、お妻様は劇的に変化した。朝の起動が遅いのは相変わらずだが、今では彼女は起きている時間内にそれなりに多くの家事を完璧にこなし、以前は散らかり放題のカオス状態だった我が家は快適に維持されて、僕が家事にかける時間も劇的に減少した。

一体我が家になにが起こったのか⁉

別にお妻様の発達障害が治っちゃったワケじゃないのは、右記観察録を見ての通り。劇的に変わったのはお妻様ではなく、僕のほうだった。

*

2015年5月、僕は脳梗塞を発症し、軽度の高次脳機能障害を抱えることとなった。

脳梗塞＝脳の血管が詰まって脳細胞がお亡くなりになってしまうこと。高次脳機能障害＝脳細胞がお亡くなりになったことで、脳の認知機能や情緒コントロールなどに障害が起きること。

だが実はこの高次脳機能障害とは、「後天的発達障害」と言い換えてもよいほどに、その当事者感覚や抱える不自由感が一致している。もちろん脳の先天的障害である発達障害と違い、高次脳機能障害はリハビリや時間経過である程度の回復が望める。

僕自身の高次脳機能障害もほぼ2年をかけて大幅に改善したが、ここがポイント。僕自身が高次脳機能障害を抱えたということは、僕が一時的とはいえお妻様と同じ不自由感を味わったということだ。

「ようやくあたしの気持ちがわかったか」。そうお妻様は僕に言い、障害をもつ者の先輩として、僕の障害の受容やリハビリを全面的に支え続けてくれた。その一方で僕は、後悔の念に苛《さいな》まれまくることになった。

「なんで○○できないの？」

険しい口調で、いったい何百回、何千回、僕はお妻様のことをなじり続けてきたことだろうか。自らが当事者になるまで正しく理解していなかったが、障害とは、なんらかの機能が欠損していて、それによって苦しさを抱えるということ。

その本質を知らずに僕がお妻様に言い続けてきた叱責の言葉は、片足を失ってしまった人に「なんで両足で歩かないの？　遅いから両足で歩けよ」と言い続けてきたようなものだった。両足揃っている僕は、片足の彼女に「みんなだって歩くの大変なのに頑張ってるんだよ」と平然と言っていた。なんという残酷なことを、無意識にやってきてしまったのだろう。

なんでできないのって言われても、できないものはできないのだ。みずからが高次脳機能障害になったことで、ようやくそのことに気づけた。

そして、改めてお妻様が「なにができないのか」「なんだったらできるのか」「どのようにやればできるのか」を深く考え、ふたりで追究していった結果、僕はそれまでずっと僕を苦しめてきた「仕事も家の中のことも全部僕が背負う」という重荷から解放され、お妻様に小言を言うことはほとんどなくなり、お妻様は家事の大半を担うようになった。

現在では一日の家事にかける時間と労力は、お妻様のほうが多いぐらいだと思う。

嗚呼、本気で思う。こんなにもお妻様が動いてくれるなんて、夢のようで、信じられない。まさかこんな平穏な日々が訪れるとは、思ってもいなかった。色々辛かったけど、僕自身が当事者になることで、ようやくお妻様と平穏な日常を暮らすためのちょっとしたコツを得ることができた。本気で脳梗塞になってよかったとすら思う。

けれどここで同時にどうしても想起するのは、僕がこれまでの記者活動の中で会ってきた人々のこと。主に社会的困窮者や貧困の当事者などを取材してきた中で、僕は多くのお妻様のような人に出会ってきた。そして彼ら彼女らはほとんどの場合、社会の無理解に苦しみ、攻撃され排除され孤立し、それと同時に周囲の家族や友人や支援者を傷つけたり、そんな自分が嫌で自分自身を傷つけたりと、七転八倒を繰り返していた。

確かに発達障害を抱えた大人は、被害者像と加害者像の両面を併せ持つことが多い。けれども、ちょっとしたコツさえつかめば、家族も含めてその障害と共存して平和に家庭を運営していくことは、十分に可能なのではないか。

「ちょっとしたコツ」だって、我ながらよく言うわ。実際に我が家がその平和に至るまでには15年以上の同居生活と僕自身の脳梗塞経験まで必要になった。けれどもきっとその経緯は世の中のアンハッピーな発達障害さんたちとその周囲の人たちに、ちょっとは役立つ情報かもしれない。

世の中のギリギリなカップルや夫婦たちへ、発達障害なお子さんを抱えたママさんパパさんへ、お妻様の辛さをわかってあげられずに叱責し続けた僕自身の人生の懺悔《ざんげ》も込めて、僕らふたりの記憶を掘り起こそうと思う。

「お妻様、そういうことで君と僕のことを本にしますけど、いいですよね？」

そう聞くと、キラキラした笑顔で人差し指と親指で丸を作ってOKサインのお妻様。

「OKなのね。ありがとう」

「そうじゃなくて、マニー（ｍｏｎｅｙ）」

貴様そこでギャラの要求ですか⁉　コノヤロー分配率は相談させてください。

第一章　彼女様との出会い

わたしは駄目な子要らない子

いまを遡ること19年、時は世紀末の1998年。その頃の僕は、人生の再起をかけて都内にある少々ブラックな編プロ（編集プロダクション）に勤めていた。その会社の社長に拾われるまでは、出版業界の底辺を転々としながら下積みし、「企画取材執筆兼カメラマン兼レイアウトから写植の組版に印刷フィルムの訂正まで、雑誌一冊丸々やれます」という、要するになんのプロでもありませんというフリーランスとして独立するも、時期尚早にして実力不足。いくつかの取引先と縁が切れたり担当していた雑誌が廃刊しただけで、ド貧乏の真っただ中に落ち込んだ。

悪い先輩の縁だけは豊富だったので、あれこれ日銭を稼いでなんとか食いつなぎつつ借金取りから逃げまどいつつ。そんなどん底ブラックな日常から拾ってくれた会社だから、たとえ10日ぐらい会社に泊まり込みで帰れない日が続いていても、会社の給湯室が風呂場代わりになっていても、僕にとってその会社は「ホワイト」だった。埋もれるほどの仕事があるだけで、毎月の給料が遅配なく施されるだけで、ありがたいと思っていた。

＊

そんな会社に、奴はやってきたのだった。その後僕のお妻様になった少女は、当時19歳。この編プロにバイトとして入ってきたのが馴れ初めだ。ちなみに、当初から彼女になんらかの障害があると思っていたわけじゃなかった。

第一印象は、「やかましい！」

ただただ彼女は、猛烈に落ち着かなく騒々しい女の子だった。

見事に毛先バッサバサのブリーチ金髪に、抜きすぎて原型をとどめぬ眉毛。ソフトめなパンクファッションに身を包み、小柄でガリガリに痩せた手足。その膝小僧には小学生男子みたいな青タンと絆創膏。

なにせ忙しい会社だから社内で走る者は少なくなかったが、奴が走れば、その体重でなんで？　と突っ込みたくなるほどバッタバッタと厚底靴の騒音を響かせやがるものだから、机から顔を上げずとも奴がどこにいらっしゃるのかわかる。しかもなぜか、走るフォームはがに股である。

何度教えてもファクスは裏表を間違えるし、コピーを取らせればいつだって傾いているし、遅刻ばかりしやがる癖にコピーを取っている間にコピー機に寄りかかってウツラウツラと寝てることも多い。

ある日など、近所の書店に資料書籍を買いに行けと金を渡したのに何時間も帰ってこない。なにか事故でもあったかと心配する頃にようやく帰ってきたと思えば、なぜかその手にガシャポンのカプセル満載のビニール袋が提げられているではないか。

「それはなんですか？」

「ざっつガシャポンです」

見りゃわかるわ！　問いただせば本屋にお目当ての本がなかったので、貰った経費全額をガシャポンに突っ込んだと悪びれずに言う。だが貴様、それは言い訳になってないし、立派な業務上横領である。

とまあ、日々こんな糞伝説を作り上げるものだから、編集部内では頻繁に彼女を怒鳴る編集部員の罵声と、呼ばれて社内を走る彼女の足音が響いていたのだった。

＊

一体、このハチャメチャでツッコミどころ満載すぎるパーソナリティの少女は何者なのだろうか。あらゆる行動が想定外だが、仕事が全くできないというわけでもない。基本的に仕事の物覚えは悪くないし、なにより「単純作業においての集中力」については、社内のバイトの中でも突出したスペックを誇っていた。

何百枚ものデジタル入稿用画像のサイズ変更とか、細かい画像のパス抜き（背景の切り抜き）作業といった、誰もが嫌がる面倒くさい作業を頼むと、ＭＤプレイヤーに突っ込んだヘッドフォンから大音量の音楽を漏れさせながら、その音楽に身体を揺すりながら、何時間も休憩なしでモニターに向かって黙々とマウスを動かしている。

仕上がりは結構雑なのでリテイクを出せば、上司に向かって冗談なのかと思うほどあからさまな膨れっ面になってデスクに戻り、「ほんとに世界はつまんない♪」（ピチカート・ファイヴ）やら「つまんないつまんないつまんないな－♪」（「ウゴウゴルーガ」エンディング曲＝ショーガクセー・イズ・デッド）やら「わたしは駄目な子要らない子～♪」（奴のオリジナル）などと絶妙に残念選曲な歌を小声で口ずさみながら（会社で歌う奴、初めて見た）、また何時間もモニターに向かい、ムスッと不機嫌な顔のままで仕上がりデータの入ったMOディスクを突き出してくる。信じ難いが、作業中の数時間を経ても、なお機嫌が戻らなかったらしい。

ヤバい。思い返すほどに、彼女は規格外だった。

何歳も年上の上司にワタちゅー（石綿さん）やらたかちゅー（孝志さん）やらサイトゥー（斉藤さん）、てるリンコ（照井さん）などと彼女だけが呼ぶ奇妙なあだ名を勝手につけて、臆することないタメ口コミュニケーションを展開するが、ちなみに彼らは全員編集長格であった。

一方で決して敬語が使えないわけではなく。見ていると敬語を使わなければならない相手はそもそも苦手であまり近づいていかないみたいだ。おまけに残業で会社に泊まりになった日には嫌いな社員の机に飾ってあった私物を夜中にハサミで切り裂いてゴミ箱にフルスイングで投げ込むような凶悪な側面もある。

おそらく女子集団の中では相当に嫌われるタイプかもしれないが、「私を嫌いなひとは私が嫌い」の女王様理論で我関せず。ここまで規格外だと、なぜか年上の上司たちからは可愛がられ（いじられ）るキャラクターになっていったのだった。

メンタル病んだ女性しか好きになれない？

そんな奴がなんの縁だか僕とおつきあいすることになり、奴が「僕の彼女様」になったのは、思えば彼女の中にあった脆《もろ》さや危うさに反応するなにかが僕にあったからなのだと思う。ちなみにつきあい始めのきっかけは実は僕からで、やはり泊まりがけで仕事をしていた深夜になぜだかふたりでノートを前に向かい合っての筆談となり、彼女の家庭での居辛さなどを聞きなだめているうちに、「ウチのペットントンになりますか？」と僕が聞いたのが初めだった。なお「ペットントン」とは、昭和にテレビ放映された特撮コメディードラマの主人公の、日本の一般家庭に寄生する緑色で手がメチャ伸びる宇宙生物のことで、そのことを後に知った彼女からは酷《ひど》いお仕置きを受けた。よく覚えていないが「僕があなたを庇護《ひご》しましょうか」の意味で使ったのかもしれない。

なお、ここで追加のカミングアウトをすると、実は僕がそれまでおつきあいしてきた女性は、なんの呪いか全員がメンタルを病んで精神科のお世話になっている女性ばかりだった。そして、その誰ひとりとして僕は助けることができず、結局逃げ出すようにして別れてしまってばかりだったし、彼女様とつきあう直前にも地元の飲み屋で知り合ったメンタル病んでる系な女の子がストーカー化して強引に縁を断ったりするという面倒な女性遍歴の中で、僕はひとつの誓いを立てていた。

「もし次に好きになった女性が心を病んでいたとしても、絶対に逃げない」

いや、そんなカッコよくなかったな。むしろ、

「いつ恋人が自殺しちゃうかわからない恐怖に怯える日々は辛いし面倒くさいので、どうせ精神病んだ女性しか縁がないのなら、もう誰ともつきあわなくてもいいや。寂しいけど」

なモードに逃げ込んでしまっていたというのが、本当のところだろう。寂しいです。本音言ったらめっちゃ寂しいけど、ちょっともう恋愛怖いのです。25歳にして僕自身も、大変痛々しく面倒くさい男だった。

そんなガードポジションだった僕の心に、この騒々しく破天荒な少女は見事なまでに正拳突きをぶちかましてきたのだった。いやむしろ、ガードなど取りようがなかった。なぜならつきあって10日あまりで、仕事中の僕のPHSに彼女様からこんな電話がかかってきたのである。

「もしもしあたし。今あなたの家。家出してきたから」

「ファ〇ク⁉」

大いに混乱である。家出の前に貴様、今朝会社に連絡入れたか？　またしても無断欠勤なのは良いとして（良くねえけど）、荷物はどうしたのか。まさか着の身着のままか。

「いや、お父さんの車に荷物積んできたから」

とりあえず僕もそんなに人生経験積んできたわけじゃなかったけど、家出するときに実の父親を荷物運びに使うお嬢さんのケースは聞いたことがない。だいたい君、実家がもめごとばかりで居辛いって言ってませんでしたか？

ともあれこうして1998年の年末に、彼女様は我が2DKのアパートに飛び込んできて、ふたりの同棲が始まった。相当な変人ではあるけど、明るく破天荒でパワフルな彼女様。いよいよ僕の呪いも解けて、ようやくここからバラ色青春物語なのか⁉　なんて、そんな期待の日々は、数ヵ月後にはもろくも崩れ去ってしまったのだった。

あんなにも元気に見えた彼女様の心は、実は満身創痍だった。僕のアパートに駆け込んできてからしばらくすると、彼女様は会社のトイレでもアパートでも、ところ構わずにリストカットを繰り返すようになった。それは、ずっと続いていた「心の出血」をその腹に溜め込んで溜め込んで、ついに堪えきれずに噴水のような勢いで吐血しているかのように見えた。

嗚呼やっぱり僕はメンタル病んだ女性しか好きになれない呪いを受けた暗黒系なんちゃらなのか？　なんて中学生みたいなアレに浸ってる余裕などない。

日々アパートの床は血に染まり、トイレに置かれた雑誌には真っ黒な血で錆《さ》びついた貝印のカミソリがコレクションのように何本も挟まっている。職場でも相変わらず仕上がりの荒い彼女様の仕事にリテイクを出せば、リストカットの血で書いた手紙のメモ用紙が僕の机の引き出しに入っている始末だ。

血文字の文面は「嘘つき」だった。

そして、なんとかせねばと通い始めた精神科の処方薬の副作用はすさまじく、彼女様は会社にいても作業中に天井を向いて大口を開けて寝てしまう有様に。さすがにこれはあかんだろうということで結局彼女様は半ば強制的に解雇され、会社のオフィスからはあのやかましかった足音が聞こえなくなった。

「わたしは駄目な子要らない子～♪」、会社で作業をしながら呟いていたあの妙なオリジナルソング。その本気だか冗談だかわからないような言葉こそが、実は彼女様を子どもの頃から苦しめてきた本音だったのだと、そう気づくまでに、その後どれほどかかったろう。

出だしから僕と彼女様は、ネタまみれの血まみれだった。

＊

当時の僕は、東京ディズニーランド近くのアパートに住んでいた。会社は早稲田《わせだ》で、出勤に要する時間は50分。前述したように多忙な会社で、出社は9時だが、平均帰宅時間は午前

1時以降で泊まりも多い。会社から帰宅するたびに、「もし家に帰って彼女様が死んでいたらどうしよう」と戦々恐々とする日々が始まった。けれども僕にとって、それは初めての経験じゃなかった。

なんの因果かメンタル病んだ女性ばかりとつきあってきた結果、僕はみっつの教訓を得ていた。

まずひとつは、どれほど本人が死にたい死にたいと言い続けていても、死なない者は死なない。一方で、どんなに死なないでほしいと伝えても、死んでしまう人は死んでしまう。

つまり、希死念慮の強い者が自ら死ぬか死なないかは他者の制御できることではなく、制御するならそれこそ24時間そばにいるか、精神科病棟で管理下などに置くしかないということ（ちなみに今は必ずしもそうだとは思っていない）。

ふたつ目は、ひとつ目の教訓を踏まえたうえで、支える側の人間はどんなに不安でいたたまれなくても日常生活を継続しなければならないということ。そうでなければ経済的にも精神的にも共倒れになってしまうし、実際過去に僕はその共倒れ経験をしていた。

だから支える人間には、相手を失う不安を抱えつつも仕事と日常生活を続け、その結果相手が死んでしまったら、その時はその時で自分も後追い自殺すればいいぐらいの覚悟は必要だろう、と思っていた。極論だけど、それほどにメンヘラさんは支える側もギリギリまで追い込まれる。

最後のひとつは、少なくともその強い希死念慮を緩和・抑制するのに、精神科から処方される薬は一定の効果があるということ。副作用として、ずっと寝起きみたいだったり反応が遅かったりと、一時的にパーソナリティが変わってしまったように感じることはあるにしても、少なくともこうした投薬には「心の鎮痛剤」とか「心の絆創膏」みたいな効果はあるということだ。

＊

それにしても、心の病気については、どうにもこうにも中途半端な時代だったと思う。99年の3月にはサブカル雑誌の殿堂だった『GON！』（ミリオン出版）に精神科通院（入院）日記を寄稿していた南条あやさんが亡くなり、翌年に遺稿『卒業式まで死にません』（新潮文庫）が発行されるや、メンヘラさんたちのバイブルとなった。

リストカットはかねてからサブカルの文脈で語られることが多かったが、その風潮は過熱。ネット上には南条さんを追うようなメンヘラホームページが溢れ、僕の彼女様も御多分に漏れずに自分の手首から流れる血をインスタントカメラの「チェキ」でコレクションしたり、自分のホームページを作って他のメンヘラ仲間とリンクを張り合って、オフ会に顔を出してみたりしていた。

「おまえそれサブカルなの？　ファッションなの？」が禁句なのはわかっていた。確かに妙なカルチャーの中に取り込まれているような不自然さも感じるのだが、彼女様がなにかに苦しみもがいているのは間違いない。流行《はやり》であんなに血を流せないし、ファッションであんなに哀しく苦しい顔はできるはずがない。

「メンヘラは心の風邪をひいている」。なんて言説も盛んに語られ、精神疾患者への無用な差別や偏見こそ緩和された時期ではあったが、どうみてもその苦しみようは風邪ほど甘くないし、風邪みたいに放っておいても治るものではないから、微妙に誤解を招く言説だなあと苦々しく思っていたりもした。

何度か彼女様にくっついてメンヘラ系のオフ会にも顔を出してみたが、やはりどうにも釈然としない。会話は精神系処方薬のコレクション自慢やOD（過剰服用・服薬自殺未遂）自慢に始まり、いくつかの薬を併用したり酒と合わせて飲んだ際の効果変化などの情報交換。挙句の果てにレア薬のトレード。みんな風変わりで一目見て集団からはじかれそうな人たちだし、苦しそうなのはわかる。けれど、彼らはその苦しさを根本からなくすことは諦めているようにも思えてならなかった。

これはあかん。なんというか、彼らは骨折をしているのに骨を接《つ》ぐ手術をせず、鎮痛剤だけを飲んでいる人たちのように思えたのだ。おなじ痛みを感じている者同士で馴れ合っていても、本質的に「心が痛い」の原因を取り除かない限り、ずっとその苦しさは治んないじゃん。

スケープゴート型のアダルトチルドレン

ではその原因ってなんだろう。ここでもまた、時代と風潮に大いに混乱させられた。ある精神科医は彼女様に向かって「あなたは病気ではない」と言い放ったくせにめちゃめちゃ強い薬を出した。この「病気じゃない宣言」の夜に彼女様は激しいパニックを起こして盛大にリストカットをしたから、今でもこの医師のことは恨んでいる。

一方で別の医師は「回避性人格障害」だと診断名をつけたが、それは彼女様の「症状」を示す言葉で、単に「骨折ですね」と言われている感じがした。こんだけ痛がってるんだから骨折しているのなんかわかってる。こっちが知りたいのは、「なんで骨が折れたのか」であり、そしてなにより「なぜ折れた骨がくっつかないのか」だ。けれども、そこについて腑に落ちる言葉はもらえず、やはり鎮痛薬としての向精神薬を処方されただけだった。

その他にも、ボーダーライン、パニック障害、アダルトチルドレンやら承認欲求不全等々、普及期に突入し始めたインターネット上には自称カウンセラーだったりメンヘラ当事者さんだったりが独自に発信する情報が入り乱れ、色々な言葉や解釈が溢れかえる。そして彼女様は、そのどれにも当てはまるし、どれも違う気がするのだ。

症例の多い本を一緒に読みながら、彼女様の病気はなんなんだろうと話しているうちに彼女様が過換気の発作を起こして救急車を呼ぶなんてこともあった。

だがそんな中で、唯一ヒントになったのが、彼女様が頻繁に鼻歌していた「わたしは駄目な子要らない子」だった。

彼女様の子ども時代を聞いていくと、とにかく「褒《ほ》められたことがない」「叱られてばかり」というエピソードがゴロゴロと出てくるのだ。

幼い頃の彼女様は「いたずらっ子」の枠からは大きくはみ出る、猛烈に落ち着きがなく多動で、不注意で粗暴な子どもだった。生傷はたえず、愛犬は階段から突き落とし戸棚に閉じ込める。クラスの男子に暴力をふるっていた時期もあったという。

一方でずっと「靴の左右がわからない」とか、「切り絵の切り取り線の外で切るのか内側で切るのか、はたまた線の真ん中で切るのかがわからなくて考え込んでしまう」といったエピソードもある。

勉学においては小学4年生の時点で足し算をするのに指折り数えがどうしても収まらず、家庭教師をつけてみれば「問題文そのものの読解ができていない」との指摘。親には冬休みなどを使った特別支援教育的なスクールを勧められたこともあった。

中学は私立受験をしてなんとか都内の中高一貫女子校に滑り込んだが、ここで授業からは完全脱落。高校進学と前後して家庭内に相続問題のもめごともあり、学校は休みがちで、音楽の好みが合う友達と原宿界隈《かいわい》に集まって家にも帰らないことが増えた。彼女様的には「黒歴史」らしいが、現在でいうバンギャちゃんの走り、ヴィジュアル系バンドを愛好する黒服さんである。

いやはや、今になって思えば、彼女の子ども時代のエピソードはどれも学習障害やＡＤＨＤ（注意欠如・多動症）を疑うものばかりなのだが、残念ながらその当時、発達障害はまだまだ一般に認知されていなかったし、発達障害はあくまで子どもの問題で、その障害が大人になっても残ることはないという言説も根強かった。彼女に生まれつきの障害があるのかもしれない、そんな推論にすら至らなかった僕は一層混乱することになった。

靴の左右がわからないとか指折り足し算とかは知的な問題がありそうなエピソードだが、僕の知る彼女様はとにかく物の名称や経験した出来事などについて記憶力が突出して良くて、子ども時代にも当時のアメ車の長い車種名をいくつも丸暗記していたなどのエピソードがあった。知的好奇心も強いし、まだ便利なツールもなかった頃に自力で調べてさっさとホームページの立ち上げなんかもやってしまえているわけだ。

だいたい難関校じゃないにしても中学受験には通っているし、少なくともピンポイントでの物覚えや集中力に関しては、僕は彼女様に全くかなわなくて、劣等感を感じるほどである。知能指数に問題はない。地頭の良い子だ。

にもかかわらず、彼女様は確かに育ってきた中で、ほとんど肯定されたという記憶を持ち合わせていなかった。自分は「駄目な子要らない子」、彼女様は本気でそう思いながら育ってきたというのだ。無数に出てくる病名症例のうちで最も符合して感じられたのが、「スケープゴート型のアダルトチルドレン」だった。

＊

アダルトチルドレンは、今ではずいぶんと使い古され陳腐化された言葉に感じるし、現代的には「成育環境に問題があったが故の不定形発達と、それを主因とする心理症状や適応障害」などと言い換えたくもなる。だが当時としては、その「大人になってもうまく社会に適応できずメンタルを病んでしまう理由を成育時の機能不全家庭に求める」とする解釈が、特に当事者にとって納得できるとして大いに共感をもって語られたものだった。

いくつかに分類されるアダルトチルドレンの中でも、スケープゴート＝身代わり型とは、特に機能不全な家族の問題の原因を、過剰に自分の中に求めてしまうというもの。家族が壊れているのは自分のせいであり、自分が犠牲になればそれが解決すると誤認した子ども時代を過ごした者に多いという。自己否定の強さと自分の存在意義の喪失や、非所属感や見捨てられ感情が強く、自罰感情や自傷が多いなどなどの特徴は大いに一致する。

思い当たる節は山ほどあった。とにかく駄目な子として叱られた記憶しかない彼女様だった。ルーツをたどると、彼女様の育った生家は、なるほどなかなかに複雑だ。

曾祖父は東京の下町に金属加工業の工場を建てた創業者で、彼女様の父親は、その長女と婿の間の長男だ。だが、曾祖父も婿で入った祖父も比較的若くして亡くなっている。

つまり、彼女様が生まれる前にその下町の古く大きな家に住んでいたのは、創業者の妻だった曾祖母と、江戸っ子気質《かたぎ》で猛烈に癇《かん》の強い祖母、そして家庭に無関心な趣味人でありあまり家に寄り付かない長男（彼女様の父）、加えて工場を継いだ大叔父（祖母の弟）と叔父（彼女様の父の弟）。

なんだかNHKの朝の連続なんとかみたいな複雑設定だが、そんな中に嫁として嫁いできたのが、彼女様の母で、四代目の嫡流として生まれた一人娘が彼女様だったというわけだ。

彼女様の母は、どれほど大変だったことだろうかと思う。

姑の希望は将来的には彼女様を跡取り娘として婿を取ることで、ちょっとした怪我や病気でも「跡取り娘になんてこと」と大騒ぎになる。ところが当の彼女様はお転婆娘を通り越して暴れん坊娘。暴れる走る、片っ端からものを壊す。彼女様が物心つく頃には大姑の介護も始まる中、そんな彼女様をまっとうに育てようと、この複雑な「本家」をつつがなく維持しようと、日々娘を怒鳴りつけながら、母は家の中を駆けずり回ったのだろう。

彼女の父は家業を継がず、工場は閉業したにもかかわらず「跡取り娘」なんて完全な時代錯誤ではあるが、彼女様はその重圧の下、異様な過保護と理不尽な叱責の中で混乱しながら育ってきたのだということがわかった。「あれもやっちゃダメこれもやっちゃダメ」と言われる一方で、「なんでこんなこともあんなこともできないの」と叱責を受ける。これで混乱しなければ超人だ。

だがひとまず、彼女様はそんな家を捨てて家出三昧の十代を送り、最終的に縁を切らんばかりの勢いで僕の家に家出してきた。そして、ようやく自ら溜め込んできた真っ黒な心の流血をドバっとばかりに噴出させた。

ハードなリストカッターになってしまった彼女様について、一番わかりやすい「原因」はこの母親、そして癇の強い祖母であり、積み重ねられた叱責と否定と混乱の記憶だ。少なくともまずはその強い自己否定感の根源の根源である家族から一度引き離し、傷を癒し、戦える力を得てから再び「対峙」させることが、苦しみの緩和と解消への道なのではないか。

「もうあの家（彼女様の実家）に帰る必要ないよ。俺の部屋にずっといていい。連絡も取らなくていいし、必要な連絡は俺がする。彼女様は駄目な子じゃないし、人より優れた部分がたくさんあるじゃないか。彼女様は生きていていい。だいたいおまえが死ぬと自動的に俺も後追い自殺する設定になっているので、できれば彼女様には死なないでほしい。少し元気が出たら、（彼女様の）お母さんと戦おう。俺が味方になるから」

そんなことを言ったのが、果たしてどこまで正しかったのかはわからない。そして、まさかこの彼女様の母親が、その後僕の人生を何度も救ってくれる恩人になるとは、この時点では思ってもいなかった。

だがしかし……。母親と対峙せよ！　僕自身が鳴らした開戦のゴングは、実は僕と彼女様の戦いのゴングでもあったのだった。

あらゆる「せめて」が打ち負かされていく

子ども時代から「なにをやらせてもできない子」という母や祖母の叱責の中で育った彼女様。避難的に我がアパートに家出してくるや盛大なリストカットが始まったが、どうやらそれは「再発」であって、実は中高時代にもリストカットはあったらしい。聞いてないよ！でも、でももう大丈夫。僕の家に来たからには、来たからには、来たからには……。彼女様が嵐のように舞い込んできた我がアパートは、「戦場」になってしまった。

はじめは父親の車で家出してきた際に持ち込んだ小さな折り畳みテーブル周辺が彼女様の私物置き場だったが、買い足しているのか僕の知らぬ間に実家から持ち帰っているのか、みるみる増える私物は、整理されることなく積み上げられ、見事万有引力に従って雪崩《なだれ》を起こす。

テレビの前に積み重ねられるレトロなファミコンゲームの山と、流れ出る8ビットのチープなゲームミュージック。よく見ればどこの怪しい外国人から買ったのか、数十のゲームがひとつのカセットに書き込まれた違法ＲＯＭと、その中に収録されているタイトルのオリジナルＲＯＭが混在している。

「この怪しい違法ROMがあれば、オリジナルって要らないんじゃないの？」

そう聞けば、「要るの！　紙の箱が大事なの！」とむくれ顔。

はあそうですか。そんな大事ならしまっておけばいいものを。床に出しっぱなしで、たまにその上に座ったりもしてるパッケージの箱は、昭和時代からの歴史を感じさせる見事なボロボロぶりじゃねえか。ていうか君はなんでそんなに平気な顔で「物の上に座る」の？

かと思いきや、ステレオ周りにはヴィジュアル系、ボサノヴァ、渋谷系、オールディーズと、時代もジャンルも一切の節操を感じないCDが積み重ねられ、隙間という隙間にペットボトルのキャップフィギュアが並べられていく。

服は脱ぎっぱなし。それを僕が黙って洗濯機に突っ込んでおくと、あれがなくなったこれがなくなったと部屋中を探し回って余計に散らかしている。貴重な収納スペースである天袋には、買うだけ買って組み立てられることのないプラモデルの箱が押し込められ、トイレに行けば床に日々増えてゆくトイレットペーパーの芯。

その芯もコレクションかなにかですか？　クラフトアートでも作るんですか？　違いますか？　じゃあ捨てろ！　ゴミはゴミ箱に！

おかしい。

彼女様が乱入してくるまでの我がアパートは、2DKの間取りのうち、食事をとるのはダイニングのみ。ひと部屋は書架と衣類の入る押し入れと布団のみの寝室。リビングは天井付近のクリップライトが照らす淡い照明だけの「音楽と読書の部屋」と、洒落こんでいたはずだった。

いや、ここでちょっと彼女様の名誉のためにカミングアウトすると、このお洒落部屋はひとつの「反動」だった。この部屋に越してくる前に僕が18歳から7年近く住んだ六畳一間の日当たりの悪いアパートは、友人から「産廃小屋」と呼ばれていた気がする。いやいや、認めよう。気がするじゃなくて、そう呼ばれていた。

特段、友人の口が悪かったわけではない。バイクを部屋の中に入れて整備するから「土足」、友達が来たときに僕が不在だとかわいそうなので「無施錠」、ユニットバスは「簡易塗装ブース」、壁際に堆《うずたか》く積んだ大量の雑誌の奇跡的バランスは芸術ですらあった。

言わば典型的な男子のゴミ部屋というのか、最も酷いときには1000ccのバイク2台(乾燥重量合計490キログラム)を室内に入れて床に穴が空き、「そこが一番平ら」という理由で床に寝かせたバイクの上に座布団を敷いて寝ていたこともある。

認めたくないが、あれはひとつのトラウマだった。そして、新たなる部屋は、あの貧乏で寒くて汚くて、あの解体屋の倉庫と同じ酸化したガソリン臭がただよっていた産廃小屋から抜け出して、ようやく定職に就き、実現した憧れの快適ハウスだったのだ。

嗚呼夢に見た、布団やバイクのタンクの上とかじゃない、ダイニングテーブルでのお食事という文化的生活！　もう二度とあの産廃小屋には戻るまい！

そんな決意のもとで作り上げられ維持されてきた我がお洒落部屋が、彼女様の圧倒的「汚部屋力」によって蹂躙《じゅうりん》され、カオスに戻っていく。

この当時、僕が彼女様に書いた手紙を発掘すると、いくつかのお願い事リストが書いてあった。

・出かけたときに限らず、毎日お風呂は沸かそう。
・フリカケだけでご飯食べないで。
・ダイニングやリビングの机の上を物でいっぱいにしないで。ご飯食べれない。
・洗い物の食器には水を張ろう。
・食材が全部なくなる前に買い出しに行こう。せめて納豆と卵は常備したいです。
・食材を買いに行くときは買い物メモを書いて行こう。
・缶ゴミ溜めんな！

ラスト半ば切れ気味。だがなによりも彼女様と一緒に暮らしていて苦しかったのが、彼女様が「朝に起きてくれない」ことだった。同棲を始め、仲良く一緒に会社に通っていたのはほんの少しの間のこと。すぐに僕は彼女様を置いて先に出勤し、彼女様はその後自力で起きて会社に向かう（だいたい遅刻）という方針に変更した。毎朝忙しい中、焦りつつ彼女様を起こし続けることに、僕のほうから音《ね》を上げたわけだ。

結局その後、彼女様は通い始めた精神科の薬の強い副作用で一層朝に起きられなくなり、会社にたどり着いても仕事机で大口開けて大爆睡。あえなく解雇となったというのが、その後の流れだった。

だが、彼女様が会社を辞めたら僕らが一緒にいる時間はそれまで以上に減る。朝に起きて少しでも一緒に食事や会話をしてから出勤したいものだが、やっぱりなにをしても起きてくれない彼女様。

じゃあ昼には起きるのかと言えば、「ごめんなさい今起きた」のメールが来るのは、僕が会社に行ってひと仕事もふた仕事も終えた夕方頃だ。

おかしい。そもそも実家から会社に行っていたときは、どうやって起きていたのか。遅刻がちだったけど、少なくとも午前中には出勤していたはず。

「前はどうしてたの？」

「起きるまで死ぬほどモーニングコールしてもらってた」

「誰に？」

「たかちゅーに」

悪びれない顔で言う彼女様。だがそのたかちゅーなる人物は、会社の編集長様じゃねえかよ。呼び方以前に、所属する職場の職長クラスに毎朝モーニングコールをかけさせるその心臓の毛を、僕は剃りたい。

せめて昼には起きてほしい、今日はいい天気だから洗濯日和だよ。せめて昼に起きないと夕方までに洗濯物乾かないよ。起きれなかったならしょうがない。じゃあ、せめて帰ったときにご飯を作って待っていてほしいな。

せめて、せめて、あらゆる「せめて」がすべて彼女様に打ち負かされていく日々。

疲れ果てて家に帰っても、お米は炊けていないし、大量の料理本を買い込んでダイニングに積み重ねているにもかかわらず、作る料理はいつも火を通しすぎてカチカチか、焦げついている。

「せめてご飯と塩鮭だけでいいからお弁当作ってほしい」と言えば、本当に白飯のど真ん中に半生か黒焦げの塩鮭を1本載せただけの男子力マックスなお弁当が毎日毎日続く。その後気づいたが、彼女様は「物事を、言われた言葉の通りの意味でしか理解できない（裏読み・深読みはできない）」のであった。

寝室が毛埃でいっぱいなので掃除機をかけておいてほしいと言っても、床に敷いた布団を片づけず床を埋め尽くす（彼女様の）コミック本を本棚に戻すこともなく、それでも「掃除機かけた」と言い張る。

やっておいてほしい家事をメモして仕事に出かけても、その家事がすべて完遂されていたことはほとんどなかった。

「ごめん。でも○○の家事はやったんだよ?」

「やってない。やったとしても、その家事は『やったうちに入らない』よ」

彼女様のカオスっぷりに耐え切れずに、そんな風に彼女様を否定する小言が増えていった。

ああ彼女様の御母堂よ。この娘が心を病んでいるのは、間違いなくあなたたちが叱責の中で育てたことに原因があるのだと思います。けれども今ならその気持ち、わからなくもありません。

小言、言いたくもなります。

けれど、そんな僕の小言が増えるごとに、その数だけ彼女様のリストカットは増え、手首から肘まで瘡蓋《かさぶた》のシマシマ模様を描いていった。ついに切るところがなくなると、首や太ももにまでカミソリを当てるようになっていった。

リストカットがパターン化していた。なにかに堪えかねて僕が怒ると、彼女様は絶対に謝らずに膨れっ面で黙り込む。しばらくすると僕は怒ったことを忘れて話しかけるが、彼女様はまだ膨れっ面。

え、逆ギレですか? そもそも俺が怒ったのは彼女様に原因があるんじゃないかと再び僕が怒ると、それでも決して謝ることなく、一層の膨れっ面でトイレに駆け込む彼女様。

待つこと数十分。案の定で、彼女様はトイレの中を血まみれにして手首を切り、スッキリした顔で出てくると、僕をちらっと見て「ちっ」と舌打ちして寝室に直行。僕はトイレの床の血が乾いてしまう前に拭きに行き、絶望的な気分になる。

「ちっ」ておまえ、どこのヤンキー嬢なの？　だが舌打ちなど大した問題じゃない。最大の問題は、そんな逆ギレリスカを決め込んだ翌日、昨日の喧嘩を片づけたいと話しかけても、信じ難いことに彼女様はトイレで手首を切った記憶などないと言い張る。

じゃああれは別人格なのか？　記憶が飛ぶほどに処方されている精神薬がキツいのか。勘の良くない読者でもすでにお気づきだろう。この時点で僕は、彼女様に対して言葉の暴力をふるっていたに等しい。確かに黙っていたら部屋は一層カオスになってしまうし、生活も苦しいから仕事をするようになってほしいし、そのためにもなにしろ朝に起きる習慣をつけてもらわんことには、どうにも始まらない。そんな気持ちを小言にしてぶつけてしまう日々。彼女様が心を病んだ原点が家族の叱責にあるという考察は間違ってはいなかっただろうが、次は僕がその叱責の主になってしまったというわけだ。

日々、「どうしたら手首を切らずに済むと思う？」の話し合いをした。今ならわかる。「僕が小言を言うのをやめれば切らずに済む」が正解だ。だが、その言葉は彼女様の口からは出なかった。出せなかったと言ったほうが正しいのかもしれない。

そして僕のやるべきことは、小言を言うのではなく、その小言の原因となった彼女様の「できない」に対して、なぜできないのかを、一緒になって考えてあげることだったが、それもまたできなかった。
その当時に彼女様が僕に書いたメモ書きの手紙が、現在の我が家のパンドラボックス（彼女様のばあちゃんからもらった桐ダンスの一番下）に取ってある。そこにはこんな文面があった。
前後の文脈からすると、僕が仕事から帰ってきたときに、朝に頼んでいた食材の買い出しをしていなくて、夕食の準備もできていなくて、怒鳴ってしまった、その夜に、彼女様が僕に書いた手紙だ。

……私が全部悪かったよ。でも寂しいよ。いつでも仲良くしたいよ。今日は出ていこうかと思った。明日もおいしい料理を作るね。だから怒らないでほしいです。って言っても無理か……

その翌日、仕事から帰ってもご飯はできていなかった。それに対して僕の返したメモは、

……トイレの床が汚い。寝室の布団干して床のほこりを掃除して。コンロの周りが汚いです。小松菜が傷む前におひたしにしよう。ってことは、油揚げ買いに行ってね。あとバターもね……

同じパンドラボックスから、当時の彼女が書いた独り言日記みたいなメモも出てきた。

……脳みそがお豆腐になって耳から流れる。胃とか内臓が逆流してって中をかき混ぜられている。大介が怖い。怖いけど好き。なんで怖いかわからない。どうしたらいいのかわからない助けて。何を考えても話しても最終的には「私は独りぼっちなんだ」に行き着いてしまい、悲しくなると手首切っちゃってる……

こんなにも明快なSOSを出されていたのに、その当時の僕はなにをやっていたのだろう。今、こうして過去のメモを引っ張り出してきて、こうして原稿に書いていても、到底平常心ではいられない。

ということで今さっき、仕事部屋から隣の寝室に駆け込み、そろそろ正午だというのに平常運転で爆睡中の現お妻様＝元彼女様に謝ってきたところ、大変迷惑そうに「昨日のさとし君（猫・6キログラム）のゲロ拭いた?」と言われた。そんなもんは朝一番で拭きましたよ！

思い返すだに最低の彼氏だったと思う。けれども、なにしろお互いに若かった。責めると手首を切る。でも黙っていたら部屋は一層カオスになってしまうから、僕も小言を言ってしまう。そんでまた切る。無限ループだ。

*

2000年秋、僕27歳、彼女様がアパートに家出してきて2年弱。そんな叱責と流血の悪循環を断ち切るために僕がとった最後の手段は、「勤めていた会社を辞めてしまう」だった。

フリーランスの記者として、自宅を事務所として仕事をする。これなら少なくとも一緒にいる時間はとれるだろう。彼女様とおつきあいを始めた当時の会社内での僕の立場は、雑誌の記事ページや表紙などのデザインを請けてくる営業兼デザイナーだったが、デザインと同時に記事の仕事もいただけるようになっていて、取引先の開拓もある程度進んでいた。

貯金はゼロだが、抱えている仕事を継続していけば、なんとか会社から出ていた薄給と同程度は稼げるかもしれない。めちゃめちゃ希望的観測ではあるが。

暗闇の未来に一歩踏み出した僕に対しての彼女様の言葉は、

「どんだけ貧乏でも一緒にいれる時間があったほうがいいから、私は嬉しいよ」

だった。

死なばもろとも、一蓮托生、覚悟を決めた。

なにがなんでもふたりで行動

会社を辞めて自宅を仕事場にすれば、僕の小言と彼女様のリストカットという無限ループからは脱出できるのではないか。9割の不安と1割の期待といった心理状態で踏み出した、ふたりの新生活。この決断によって「劇的ななにか」は起きたのか？　だが実は、この時期は僕の記憶そのものが少しあいまいだ。

当時のことを思い出そうとすると、僕の頭の中にはなぜかサザンオールスターズの『TSUNAMI』のサビメロが流れ出す。嗚呼あれは、ファクスの呼び出し音。江戸っ子気質で金は持っているだけ使ってしまう主義の彼女様が、フリーランスになった僕のために買ってくれたブラザー工業製ファクスの呼び出し音だ。

♪見つめ合～うと～素直に～お喋り出来～ない。

やばい。彼女様と桑田様には申し訳ないけど、思い出すだけで具合悪くなってきた。なぜならその電話ファクス複合機のメロディを朝な夕なに流して呼び出してくれたのは、ほかでもない当時の取引先の編集者たちであり、用件は「原稿どうですか？」。ならまだ良いが、多くは「そろそろヤバいぞー」とか「家にいるのはわかってんだぞ？」だったりしたからだ。

すみません、今頑張って書いてるところです！　いや、本当言うと今起きました！

本当に、記憶がすっぽり飛ぶほど働いた。出版業界でのフリーランス経験は二度目だが、一度目は大失敗してド貧乏のどん底を這いずり回ったトラウマがある。二度とあんな思いはしたくない。

だが一方で、どれほど忙しくなっても、再び彼女様を独りぼっちでアパートに残してどこぞへ行ってしまったら、本末転倒だ。

ではどうしたのかと言うと、僕と彼女様は「ひとりになった」。実際その当時の彼女様と僕には「一緒にいなかった記憶」があまりない。なにがなんでもふたりで行動。仕事の取材に行く際も、打ち合わせで取引先の編集部に行くときも、とにかくひたすら一緒に行動していた。

はてはお風呂も。そしてトイレですら、中で本を読んでいると彼女様に乱入襲撃を受ける始末。ここまでくるとラブラブを通り越してキモいというか、少しは独りになりたいと思う僕であったが、これもまた苦しむ彼女様を放置してきた反動であり報いなのだろうと、あえて甘受した。

僕は小さな頃からとことん電車が苦手で、大雨か大雪でもない限りはバイク移動の生活をしていたものだから、常に移動するバイクの後ろには彼女様がちょこんと乗っかっていた。取材や取引先に移動するときは６００ccの単気筒、買い物や隣町の精神科への毎月の通院は

90ccの古いスクーター。

指先が凍り付くような真冬の日も、アスファルトの照り返しで煮えそうな夏も、昼も夜中も明け方も、彼女様を後ろに乗せたバイクで走り回っていた。

思えば糞貧乏なのにその当時でも合計4台のバイクを所有していたけど、彼女様のジャッジは「趣味のない男はつまらん」のひと言。そんな趣味を維持しつつも、フリーランスとして立てた第一の目標は「1年間仕事がなくてもなんとかなる貯金を作る」で、請けられる仕事はどんなものでも請けようとした。

そんな中で幸いだったのは、彼女様が「金のかからない女」だったということだろう。お金はあるだけ使ってしまいがちだし、貸した金はまず返ってきたためしがないし、変な蒐集癖はある。けれどもほしがるものはさほど高額ではなく、グルメというわけでもなく、誘わなければまず自発的に外出しない超インドア派の彼女様。

ふたりの楽しみは、仕事の少ない日に海を見に行くとか、仕事が終わった夜中にドン・キホーテで変な食材や駄菓子を買うとか非常にシンプルなもので、贅沢らしい贅沢は月に1回都心のクラブで行われていたラウンジ系音楽のイベントに顔を出すぐらいのものだった。

フライングカレー皿事件

こうして、よそ様から見れば少々不気味なほどに一心同体で動き回った日々。結果として確かに彼女様のリストカット頻度は下がっていったように思う。大きな喧嘩（というか僕のしつこい小言）があったときなどには相変わらずトイレへの駆け込みリスカがあったが、きっかけがなければ、彼女様の手首に傷が増えることはなくなっていった。

ビバ、フリーランスデビュー！　二人三脚で乗り越えたあの辛い日々！　なんて綺麗ごとじゃない。今思うとそれは、彼女様の心の傷が回復するより前に、僕自身が彼女様のカオスパワーに敗北した結果だったように感じているからだ。

なにしろ彼女様は相変わらず朝には起きられなかったけども、そもそもフリーランスになった僕は朝方まで働いて昼近くまで寝ることも増えたから（後に超朝方生活に再設定したが）、ふたりが起きる時間もさほど変わりない。

相変わらず掃除はしてくれないけど、多忙の中で僕自身の仕事机の周りも仕事の書類や書籍でカオス化し始め、徐々に僕も人のことを言えなくなっていった。

部屋の汚れにせよ溜まった家事にせよ、さすがに限度を超えていたら小言は言ってしまう。特に仕事がないのがわかっている日は朝から集中して家事をやりたいのに彼女様はずっと布団の中で爆睡中だ。フリーランスという仕事は、その日やる仕事がない＝その日の収入はないということ。そんな焦りと、散らかりきったカオス部屋と、起きてこない彼女様に、いらだちはつのる。

だがここで彼女様に小言を言ってしまえば、大事な休みは彼女様の不機嫌な膨れっ面で灰色に塗り込められる。強く言えばリスカが復活する。

ああもう、もういいや！　言ってもほぼ効果のない小言に無駄な体力を使うより、自分で動いてしまったほうが楽じゃん！

僕、ついに敗北である。

当然のことながらその背後には僕の我慢があるわけだから、決して平和が訪れたわけじゃない。むしろ我慢している分、もともと短気ですぐに激昂して激昂後に記憶があまりないというタイプの僕は、ブチ切れ癖が強くなっていった。

例えば当時の我が家では、今もその話題を出されると僕が謝るしかない『フライングカレー皿事件』なる出来事があった。

あれは僕が独立して1年ちょっと経った真冬のある日。その日は取材と打ち合わせが数件重なっていたか、出かける前に彼女様が起きてくれなかったのか、とにかく彼女様を連れないで都内に出ていた僕。たぶん帰路につく直前に「そろそろ帰るのでなにかご飯作っておいて」のメールを1本、彼女様に入れた気がする。

だが帰宅すると、やはりというか案の定というか、相変わらず床に物が広がったカオス部屋に、食事のできている気配はない。彼女様はというと、部屋の奥のテレビに向かってゲーム中だ。

ちょうどその頃の彼女様は、『ファンタシースターオンライン』なるオンラインゲームにハマっていて、大ゲームメーカーのSEGAを家庭用ゲーム機から事実上撤退させた不人気機種『ドリームキャスト』にモデムと後付けキーボードをつなげて、幻想的なゲームミュージックを一日中鳴り響かせていた。

僕は極寒の中をバイクで走って帰ってきて、身体も芯まで冷え切っているし、なにより腹が限界まで減っている。

「ただいまー。っていうか、飯は？」

「ごめんメールしたあ？」（カタカタカタ↑協力プレイ中の仲間とチャット）

したわ！　そりゃあんた、そんだけ集中してゲームやってりゃメールなんぞ気づきませんよね。まあ、電話しなかった俺が悪いんだけどね。イラ。

「なんか作ろうか～？」

なんか作るならまず立ち上がれ。テレビ見てコントローラー手に言うんじゃねえ。せめてこっち向け。

「いい。彼女様に頼んだら何時間かかるかわかんねえから。ゲーム楽しいんだろ？」

ちなみにこのオンラインゲームは女友達の少ない彼女様が高校時代から大事にしている親友に誘われて始めたようだった。思えばそのゲーム仲間と深夜チャットをするようになってから、彼女様が薬のトレードなんかをしていたメンヘラ仲間とはすこし疎遠になっていたようだったから、頭ごなしにえー加減にせいとは言い辛い事情もあった。

だがな彼女様。それにしたって限度があろうよ。

「どうせゲーム終わんねーし終わらす気もねーんだろ？」

冷たく言い放つ僕の「ひと言多さ」にカチンときたのか、彼女様から返答はない。イライラ。

ハアと、ため息一発、荷物を仕事机の横に投げ出して、まずは台所のチェックだ。シンクは洗い物でいっぱい。これやっといてくれるだけで泣くほど楽なんだけどなあ……。食材は大根タマネギニンジンジャガイモなどの保存のきく根菜に、肉類は冷凍した豚こまぐらいしかない。あとはサバの水煮缶ぐらいか。まあ食材が乏しいのは買い物に行っていない俺が悪いからだけど。いや、本音を言えば一日中家にいる彼女様に買い物に行ってきてほしかったけど。文句言っても飯は出ない。

気を取り直して炊飯ジャーを見れば、なんとか昨日炊いた白飯が2人前。でもこんなにも冷え切った身体でサバ缶ご飯と味噌汁じゃ寂しいし、同じコンロに火を入れるなら味噌汁もほかの料理も大して変わらない。

となれば、思いつくのは野菜をミネストローネサイズに刻んでフライパンで作る「時短カレー」だ。タマネギは粗めのみじん切りに、ジャガイモもニンジンも火が通り易いように1センチの賽《さい》の目に。強火で豚こまを炒めたフライパンにこの野菜を投入し、ちょっと酒を振って蓋をして弱火のタイマー5分で火を通す。そしてここに水を入れ沸騰したらカレールーを味噌漉しで溶いてタイマー10分。あら簡単♪　これで時短カレーはでき上がる。

加熱調理時間もシンクの洗い物を終わらせて風呂の準備をするのにちょうどいいぐらいの長さだ。これで行こうレッツ野菜皮むこう！

実は飯屋の厨房バイト経験が長かった僕にはこうした「計画魔&ノンストップ魔」な部分があって、この日も仕事の帰宅から腰を下ろすこともなくノンストップで野菜に包丁を入れ始めた。給湯器のお湯の温かさが凍えた手に染みるう。

さて、こんな準備の間に、ダイニングキッチンから居間の彼女様に「おまえも食べるの？」とか「机の上食事できるようにして」など声をかけた気もする。だが、狭いアパートにうまそうなカレーの香りが満ち、白飯を皿によそってカレーをかけ、「できたから取りに来て～」と声をかけても、返事はない。

ああ、イライライラ。

そして、そしてである。両手に皿とスプーンを持ち居間へと向かうと、目の前に広がるのは、僕が帰ってきたときのままのカオス部屋！　テーブルの上には物が溢れていて皿など置く場所もない、そのテーブルに向かう床も物で一杯で、なにかを踏まずに歩くことはできない、そんな部屋の奥で、彼女様はやはり僕が帰ってきたときと全く変わらぬ姿勢で、ゲームに集中していやがる‼

どうやら仲間と協力してクエストを攻略しているらしいが、んなことは俺の知ったこっちゃねえ。

「ぬらああ！」

宙を舞うカレー皿！　米とカレーが混然一体となって床に散り、真っ二つに割れるカレー皿。

これがフライングカレー皿事件の全容だ。

悪いことにこの黄色いカレー皿が当時の我が家では最高級だった「アフタヌーンティー」のお品だったために、現在に至るまで「あのお皿大事にしてたのに」と言われ続ける逸話になってしまった。

思い返せば、こうした物への八つ当たりも十分に精神的ＤＶのひとつだが、いいかげん僕も限界だったし、今思い返しても腹が立つ。

このフライングカレー皿事件以降も、年に一度か二度、限界を超えた僕が物に八つ当たりして壊すというイベントがあり、掃除機全損事件やちゃぶ台正拳割り事件や天井醬油事件、夜（冬）のアパート窓ガラ～ス壊して凹んだ事件などがおきたが、相変わらず彼女様はどう考えても彼女様が悪いシチュエーションでも頑なに謝らず、そして頑なに変わろうとはしなかった。

断薬してバイトを始める

言うだけ無駄、言うだけ疲れる。何年かをかけて、僕は彼女様に敗北を重ねていった。その一方で彼女様は「こんなに私が駄目でもこの人は私を捨てないんだ」と思っていたのだろうか。

少なくとも僕が彼女様に言う小言が減ったことはすこし功を奏したのだろうか。主治医の精神科医から「そろそろお薬をやめて働いてみましょうか？」と言われたのは、通院2年目ぐらいのことだった。

正直、少し時期尚早な気はしたが、フリーの記者として独立したばかりで経済が楽だったわけではない。そしてなにより処方されていた薬の副作用は相当に強いもので、見ているだけでも辛かった。

ガリガリの痩せ型だった彼女様は信じられない勢いで太ったし、乳腺が張って母乳が出たり、日中に無理をして歩くと一歩一歩捻挫するような感じで路上に腰砕けに座り込んでそのまま歩けなくなってしまうなんてこともあった。

その痛ましい姿に僕自身も耐えられなくなってきていたが、驚いたのは彼女様がその主治医の言葉にきちんと反応したことだった。

「駄目でもいいじゃないですか、駄目だったらまた休めばいいんですから」

という主治医の言葉を支えに、彼女様はいくつかのバイトの面接を受け、その中の、書籍やゲームや音楽ソフトに雑貨まで扱う大型複合書店から採用の返事をもらった。配属はＣＤ売り場、週５日、夕方５時から深夜２時までのシフトで働き出した。

断薬してからバイトではなく、バイト開始と同時に断薬だから、すんなりと行くはずはない。なにしろ彼女様が当時処方されていた薬剤は、一般的な睡眠導入剤などに加えて当時革命的抗鬱剤と言われた（同時に最凶の副作用と言われた）ＳＳＲＩ（選択的セロトニン再取り込み阻害薬）が含まれており、その中でも「パキシル」という薬剤の離脱症状が激しかった。

薬を飲まないと襲ってくる強い不安感、悪夢、めまい、そして激しい動悸。ぼんやりすることも多かったから、バイト先の先輩女性に嫌がらせを受けているみたいでもあった。

＊

「辞めたかったらいつでも辞めていいよ」

バイトから帰ってアパートの床でへばっている彼女様の背中を撫でてやると、驚くほどの握力で僕の膝をつかみながら「辞めない」と言った。歯を食いしばるように、瞳にいっぱいの涙を浮かべて、でも決して嗚咽《おえつ》はせず。ちょっと怖いような表情の彼女様だった。

この頃からだろうか、彼女様の精神構造に、僕は新しい発見をしていたように思う。メンタルを病むということは、心が脆く弱いということだと僕は思ってきた。けれど本当にそうか？　確かに彼女はメンタルを病んで激しいリストカットを続けてきたが、実は僕に対して泣き言らしい泣き言を言うことはめったになく、猛烈に頑固で自分の信念は曲げず、負けず嫌いで悔しがり。ひと言で言うとかなり「男前」な性格を秘めているようなのだ。

朝起きず家事せずグウタラを絵にかいたような生活態度とは、まるで相反して感じるこのパーソナリティ。なぜこんな男前の彼女様がそんなにもダメ子ちゃんなのかの答えにたどり着くまでに、ここからさらに10年以上の時間を要するとは、さすがに当時の僕は考えてもいなかった。

結局この断薬の離脱症状との戦いには、ほとんど僕が手を貸せることはなかったと思う。離脱症状が完全に抜けるには4ヵ月ほどかかったが、その後の彼女様は精神科からはすっかりきっぱり足を洗うこととなったのだった。

そしてここから、彼女様の更なる暴走カオス人生が始まるのである。

第二章　彼女様がお妻様に

あの彼女様が戻ってきた

担当医の勧めに従ってバイトを始め、驚くほどの力強さで精神科処方薬の離脱症状と戦い抜き、見事自力での断薬に成功した彼女様。同時にリストカットの頻度は減っていき、彼女様の手首からは一本一本と瘡蓋が消えていった。薬の副作用で常にぼんやりとしていた彼女様の目に以前の眼力が戻り、会社で数々の糞伝説を作り続けていた頃の活力が戻ってきた。ついでに手のつけられない奇行もカムバックしてきたが、僕の中ではなによりも「あの彼女様が戻ってきた！」という喜びのほうが大きかったように思う。

暑い日も寒い日もボロスクーターにふたり乗りして隣町の精神科に通い続けた日々。「覚悟を決めた」とはいえ、本当に一歩間違って彼女様が死んでしまったらどうしようと怯える日々との別れ。それまでの、メンタルを病んだ交際相手を見捨ててきたという挫折感や罪悪感が完全に拭えたわけではなかったけど、二人三脚で辛い日々を闘い抜いたという強い達成感と、それまで感じたことのない深い絆の暖かさに浸って……。

＊

浸っていられるほど、彼女様は甘くなかった。精神科とリストカット卒業、そしてバイトの開始と同時に、彼女様のカオスっぷりは一層激しく暴走するようになった。

始めの頃こそ自宅アパートから2キロちょっと離れたバイト先の複合型大型書店へバイクで送り迎えしていたものの、そのうち自分の給料で水色のママチャリを買ってきて、自力で通うようになった。時給は安くて週に5回シフトを入れても月収は9万円ほど。そのうちの幾分かは猛烈に渋い顔をしながら生活費として家に入れてくれて、逼迫《ひっぱく》していた家計には涙が出るほど嬉しかったが、残りの給料はすべて彼女様の暴走する謎の蒐集癖に費やされることとなった。

初給料は可愛い服でも買うのかと思っていたら、満面の笑みで買ってきたのはソニーのPS2。それを皮切りに、広くはないアパートのあらゆるところに、物が満ち溢れていった。CD売り場の店員という職権を縦横無尽に乱用したサンプル版CDやゲームソフトや限定版ほにゃららの数々が山をなし、商業・同人、少女系からエロまでジャンルを問わないコミックが床を満たし、脱ぎ捨てた服も絡まって寝室の畳を覆っていく。

さながらなにかの特定外来生物を思わせる、その「爆殖力」。おまえの私物はブラックバスかカミツキガメかボタンウキクサか⁉ ちなみに枕元の畳に宝物のように積まれていくのは、カルト人気の高かったホラー漫画家、伊藤潤二先生の作品コレクションだった。悪夢見るわ！

お願いします。物を床に広げないで、せめて積み重ねて上に伸ばしていきましょう。見かねてカラーボックスを買い足して本棚を作れば、全蔵書を収納するには積み上げたカラーボックスが六畳間の壁の一面を埋め、天井まで届く高さになってしまった。さて地震で倒壊するのが先か、畳の下の根太《ねだ》が落ちるのが先か。そんな中で楽し気に通巻物のコミックを端から綺麗に並べてくださる彼女様なのだが、その蔵書をすこしでも僕がいじると「漫画読んだでしょ？　元に戻せや！」って君、あのカオスの中でどんな変化を察したというの。

暴走するのはコミック方面だけではない。実家に帰るたびに、β版《ベータ》ビデオデッキやら巨大なぬいぐるみやら生活に不要な大物を持ち帰ってきやがる。初代からアドバンスまで、ゲームボーイだけで何台必要なのですかあなたは？

なにやら高額なファッション誌らしきものを大量に買い込んでいると思えば、その後に間違ったほうに尖った女子服の殿堂となった『ゴシック&ロリータバイブル』をはじめとするエッジーなファッション誌の数々だ。いや、こういう系は色白ふんわり内股ちゃんの特権であって、彼女様のようなガニ股ダッシュ系にはちょっと似合わないんじゃないかな～などと余計なことを言ったことで、変なスイッチが入ってしまったのだろうか。

あっという間に彼女様の両耳にはピアスの穴が合計9ヵ所になり、それでも飽き足らずに唇、舌、ヘソにまで増殖。缶バッジじゃらじゃらの帆布カバンを肩になびかせ、鉄板入りのエンジニアブーツで武装してママチャリでバイト先に爆走するパンクなお姉さんになってしまった。

「スルー力」と「逆ギレ力」

一方でこの時期より、彼女様は家事全般をほぼ完全にボイコットしだした。炊事については バイトが休みで僕が家にいるときは、僕が自分のために作る物を一緒に食べるか外食するか。じゃなきゃ駄菓子かレトルト。バイトがある日の彼女様は16時に起きて飯も食べずにバイトに向かい、仕事先でコンビニ弁当やらファストフードなどで二食を済ませ、深夜アニメのために全力疾走で深夜2時過ぎに帰ってきてからはなにも食べないという不健康極まりないスケジュールだから、台所に自発的に立つことは皆無になった。

洗濯も完全に僕の担当だが、洗濯機の中に彼女様の汚れ物が突っ込まれていることはほとんどなく、週に1回ぐらいの頻度で限界まで汚くなったバイトのユニフォームトレーナーや靴下が入っている程度だ。ちなみに自宅で着る服は帰宅後に寝室床の脱ぎ捨てポイントの中から拾い上げ、出かけるときに同じところに脱ぎ捨てるという、よくよく考えれば超合理的システムを採用。って、そんな合理性は要らんわ腹が立つ。

天気が良い日の朝は洗濯から始めたい派の僕は、その脱ぎ捨てポイントの中からそろそろ洗ったほうがよさそうな服をピックアップし、バイト後に朝方までアニメとゲームで体力を使い果たして爆睡する彼女様を跨《また》いでベランダで洗濯物を干す日々なのであった。

なお、夏場は一日に2回はTシャツを着替えたいぐらい新陳代謝が立派な僕に比べて、悔しいことに彼女様は無体臭系の人なので、もしかしたらそのままキノコでも生えるまで放置してやればよかったのかもしれない。いや、当時のことを振り返っていて思い出した。あんまりにも寝室床の汚染状態がムカつくので、洗濯機の中に放り込まれた彼女様の靴下を床に戻しておいたことがあるじゃないか。

そうだ。あのときの彼女様は「やべぇ水虫になった」と言って皮膚科に行っていたな。ということは、彼女様なりに汚れのギリギリラインはわかっていたということなのだろうか。ちょっと悪いことをしたな……。

そこで先日、外出先の喫茶店で恐る恐る水虫事件の真相をカミングアウトすると、お妻様はギロっと僕を一瞥《いちべつ》し「おまえ家帰ったら覚えてろよ」。おおコワ!

掃除についてでは、もうなにも言うのを諦めた。諦めちゃったもんだから、増え続ける物量に、ついには貴重な収納である居間の天袋を支える立派な柱がゆがんで襖《ふすま》が外れるようになり、脚立と油圧ジャッキで持ち上げて金具で補強するハメになり、大型バイクで床に穴を空けた前産廃小屋に引き続き、大家さんごめんなさい案件となってしまった。恐るべし彼女様。

*

さあこの暴走、僕も完全に黙って見過ごしていたわけではない。前章で彼女様の精神科通い卒業の考察として「少なくとも僕が彼女様に言う小言が減ったことは少し功を奏したのだろうか」などと偉そうに書いたが、ここは丸々前言撤回だ。よくよく考えると、僕はその当時も、だらしなくマイウェイ全開な彼女様に小言を言い続けていたと思う。というか言わざるを得ない状況は続いていたと思う。

実際に当時のことをご本人に聞いてみれば、

「あんたの小言が減るわけないじゃん」

やっぱそうですか。いや、じゃあどうして彼女様は、僕の小言とリストカットというスパイラルから抜け出したのだろうか。改めて思い返してみる。

僕の小言は減らなかったが、当時の彼女様には、「スルー力」と「逆ギレ力」が育っていったように思う。溜まりに溜まった家事に、汚れに汚れた部屋に、あれをやってこれをやってと僕が言うと、彼女様は「わかった〜やっとく〜（気が向いたら）」と言いながら、結構平気な顔でやらない。それに対して僕が怒ると、今度は逆ギレして不機嫌になる彼女様。

だがこの不機嫌がまた、めちゃめちゃしつこく長引いて、僕のほうから「言い方が悪かった」などと謝るまで数日だって継続するし、もしくは持病の胃痙攣の発作を起こして激しい腹痛に玉のような汗をかき、近所の総合病院に救急搬送沙汰となってしまう。いったい何度この繰り返しで彼女様を夜間救急に運び込んだことか。

これには正直、困り果てた。悪いのは多分彼女様のほうなのに、結局最後に折れるのは僕だし、腹痛にもがき苦しむ姿を見ると、僕のほうが悪いみたいじゃないか。

今考えれば、実は悪かったのは「なぜ彼女様が家事をやれないのか」について考えが及ばなかった僕であり、その小言は精神的なＤＶだったのだが、当時はわからなかった。彼女様が育てたスルー力とは、小言をまともに聞くことで自分自身が壊れてしまうことを予防する、自己防衛的な反応だったのだと思う。育ってきた家庭では、猛烈な母と祖母の叱責と否定に逃げ場を見いだせずに壊れてしまった彼女様だったが、僕の小言も真正面から受け止めていたら壊れてしまう。そう、追いつめられた結果のスルー力なのだ。

＊

といった考察をかためたところで、改めて実際のところお妻様、どうだったのですか？　僕としては、「長いつきあいの中で、この人は怒りはするけど最終的に私を見捨てることはないと信じられるようになったから」とかの美しい回答を望みます。だがしかしお妻様の回答は、

「それはだ。あんたの小言をまともに聞いてると胃が痛くなってゲロが出てきてぶっ倒れるので、スルーするしかなかった」

身も蓋もねえなおまえ。

いずれにせよ、当時の僕は、彼女様の放任モードに入ってしまっていった。もちろんふたり暮らしをしていて家事をするのが僕だけならそれは不平等でストレスは溜まるが、カップルというよりは、父娘。だらしない娘がいると思えばいい。それが当時僕の考えていたことだ。幸い僕には彼女様が家出してくる前に、7年の独り暮らしがあったし、炊事は飯屋の厨房バイト経験があるから、それほど苦痛ではないし、仕事の原稿執筆が煮詰まっているときの気分転換にもなる。疲れて帰ってきたときに温かいご飯ができていたらいいなと思うけど、それを求めて諍《いさか》いになるなら、自分で作ったほうが早い安い美味い。床の汚染面積が耐えられる閾値《いちき》を超えたら、足で壁際に寄せて歩く場所を確保すればいい。世の中にどんな同棲カップルがいようと、その形はそれぞれなのだから。

かなり無理をしながらも、そんな風に自分に言い聞かせられたのにも、また理由があった。

ネタの範疇

彼女様が精神科を卒業してしばらくした頃には、僕のフリーランスの記者としての仕事も徐々に安定しつつあったが、同時にそれは、その取材ターゲットとコンセプトが「社会の裏側にいる困窮者たち」に絞り込まれていった時期でもあった。

最も力を入れて取材していたのは、子ども時代に家庭の貧困や虐待や育児放棄といったバックグラウンドがあって、そんな劣悪な環境から家出して売春で生計を立てている未成年の少女。そしておなじく家庭の崩壊や貧困をベースに裏稼業に手を染めるようになったアウトローな男の子たち。その周辺取材として、処方精神薬をドラッグとして鼻腔吸引するなどの誤用カルチャーにハマる少女たちや、のちには精神疾患を抱えつつ売春ワークの稼ぎで子どもを育てるシングルマザー等々が僕の取材ターゲットとなっていった。

けれど、こうした取材対象者のメンタルの病み具合や逸脱行動のふれ幅は、彼女様と比較すれば圧倒的に大きくて、手の付けようがなかった。幻覚幻聴を伴ったり、暴力的衝動を伴う激しい被害妄想があったり。多くは元々何かの被害者であった過去をもちつつも、なまなかではケアしきれない存在になってしまった人々。そんな彼ら彼女らの周囲の振り回しっぷりもまた壮絶だ。そしてそんな、深い問題を抱えた取材対象者への細心の心遣いが求められる聞き取り活動を通して、僕の感覚も相当にマヒしていったのだと思う。

あの人らに比べればうちの彼女様程度の逸脱っぷりは「ネタの範疇《はんちゅう》」。一緒に暮らせば不平不満は溜まるけど、彼女様は洗濯機のホース引っこ抜いてアパート中を水浸しにするようなパニックを起こしたり、怒って僕に刃物を向けるようなことはしないし、何股もかけた浮気をして「あなたの本気を試したかった」とかめちゃめちゃなことは言わない。彼女様の愉快なパーソナリティと天秤にかけてみれば、僕の我慢など許容範囲内。彼女様、この程度でよかった。そんな風に、当時の僕は思っていた。

ぼぼぼぼくとけけけっこんしてください

そんなこんなで、同棲開始から4年半後の2003年初夏。僕は彼女様にプロポーズをした。とはいっても、僕は結婚に対しては、非常に後ろ向きだった。僕はすごく面倒くさい男だから、結婚という制度の中でも「女性の姓が変わる」ことと「結納金」には、かなりの嫌悪感をもっていた。それはあくまで家と家の契約ごとみたいで、両家の間で女性はモノとして取り扱われ、まして金銭の授受があると言えば完全に人身取引だ。

正直そんな慣習には反吐《へど》が出ると思っていたし、煌《きら》びやかにセレモニーを演出してやたら高額の金を毟《むし》るブライダルビジネスも、そうしたセレモニーに自分たちどころか親の財産まで注ぎ込んだ癖に別れてしまうカップルも、なにもかもが大嫌いだった。

とまあ、そんなひねくれ者でアンチ結婚制度の僕が結婚を考え出したのは、第一に彼女様の親も娘を「跡取り」とした婿取り計画はさすがに諦めて「早く結婚」モードに入り、それが彼女様の大きなストレスになっていたということもある。「結婚するなら式場どうするの⁉︎　引き出物どうするの⁉︎」「早く子ども子ども！」と矢継ぎ早にかかってくる母親からの電話。ついには母親からの連絡があるたび顔面に蕁麻疹《じんましん》が出てしまうほどだった。

そして僕の側としても、散々彼女様に「親と対峙せよ」とファイティングポーズを取らせておきながら、彼女様の健康保険がまだ親の扶養下だったことや、住民票も実家にあって諸税も親が納めているのでは格好がつかないという点が大いに引っかかっていた。

ふたりで生きていくことに誰になんの口も挟まれたくない。そしてその後もふたりで暮らしていく以上、純粋に「制度的・経済的」に、入籍したほうが有利。それが、僕がプロポーズに踏み切った理由だったのだ。

そんな消極的ポジションだから、婚約指輪と結婚指輪にしたところで、宝飾品のデート商法をやっている不良な女友達と一緒に御徒町《おかちまち》の宝飾問屋街をめぐり、サラリーマンの給料3ヵ月分程度の品を問屋価格で給料1ヵ月分ぐらいに値引いてもらって買い求めたものだった。とはいえ、人生初のプロポーズ。指輪を渡すときぐらいはロマンチックにいきたい。選んだ場所は、彼女様が子ども時代から家族で通っていた六本木のイタ飯屋である。僕らもたまの贅沢で何度か通っていたから、普通に食事の雰囲気でお店に入った。

いざサプラーイズ！　彼女様、ちょっと目をつぶっていてもらえますか？　おーけー開けていいですよ。

「なにこれ？」

「ぼぼぼぼくとけけけけっこんしてください」

「……えーと。この指輪、質屋に持っていったらいくらになんの？」

わー、そう来ましたかこのやろー。こうなるともう、ロマンもへったくれもない。

結婚式に金をかけるぐらいなら「『ゼクシィ』（リクルート）と同じ厚みのエロ同人誌に金をかけたい」という彼女様だから、式場は都内最安値のエロ同人誌40冊程度（基本料金4万円）という冗談みたいな場所を発掘し、参列者は両家両親に彼女様サイドのばあちゃん２人と僕サイドの姉家族を加えた合計９人という極めてシンプルなお式を計画。激安レンタルドレスの試着時に撮った記念写真には、純白ドレス姿のお妻様が、舌のど真ん中にピアスを光らせて中指を立てている。

そんなこんなで、同棲より5年を目前にした２００3年9月末、式場から二次会まで合計12万円弱という出血ロープライスで僕らは結婚式を挙げ、彼女様は晴れてお妻様になったのであった。

ちなみにこの話にはちょっとオチがある。結婚前、手続きごとがめっぽう嫌いなお妻様は式場の予約も家族への連絡も一切僕に任せっきりだったので、僕は、挙式後に入籍の書類を作って市役所に出しに行くぐらいはお妻様がやってほしいと主張していた。ところが、いざ式が終わってみればお妻様はなかなか重い腰を上げず、「そんなに入籍させたいなら市役所の人が婚姻届を取りにくればいいと思うの」（無理）と言いだす始末。結局ふたりで市役所の夜間受付に婚姻届を投げ込みに行ったのは、翌年の2月末……。

おかげでどちらが真の結婚記念日なのか、我が家ではいまだに答えが出ていないのであった。

加速するカオス

さすがに同棲も5年していると、いざ夫婦になったところでなにか変わるというものでもないのだが、この時期から我が家のカオスぶりは大いに加速していったように思う。

お妻様になった彼女様は、結婚とほぼ同時に「俺はドール服のお針子さんになる」(人形の服作りをして稼ぐ)と宣言して、頑張っていたバイトをアッサリ退職。ドールと言っても子ども向けの玩具ではない。当時いくつかのメーカーから、かつては高価だったビスクドール(19世紀の欧州貴族文化に端を発する精巧な陶器人形)の量産バージョンのようなものが発売されて、ちょっとアンダーなカルチャーで広まっていたのだが、その服を作って販売するというのだ。

もともとお妻様の血筋はクラフトワーカーな流れで、母は和裁、父方の祖母は洋裁の資格持ち。母方の祖母も革細工の個人教室などもやっている。そんな血に火がついたのか、何万円もする高額な素体《そたい》(服を作るために必要な人形そのもの)を何体も買い、それまでだって物で溢れかえっていたアパートのダイニングには新たにミシン机と裁断机と資料本の棚やらが増設され、一層我が家は床の見えない家になった。

「お妻様、服を作るための素体がなぜ『限定モノ』である必要があるのですか?」

「可愛いからだよ」

理由になってません……。

などと文句は言えない。なぜなら、そっち方面に暴走するお妻様の一方で、僕も少々暴走モードに入っていたからだ。

当時の僕は、フリーの記者業もようやく脂がのってきた時期。毎日のように取材や打ち合わせで東奔西走し、稼いだ金で仕事移動用のバイクを新たに買い足したのをきっかけにそれまでの業務用バイクに稼ぎをぶち込んで、バイクのレースに参戦するようになった。

思えばこの当時は、取材ターゲットがどんどん社会的弱者を中心に収斂《しゅうれん》していった時期でもある。記者として若かった僕は、日々出会う取材対象の抱えた苦しみや心の闇とどの程度の距離感で接すればいいのかがつかめず、ときにはそのダークサイドに思いっきり引きずり込まれたりもしていた。日々の取材活動におけるストレスは尋常ではないし、聞いて苦しい話を文字で書くのはもっと苦しい。と同時に、そこそこ稼げるようになると、20代のド貧乏時代のフラストレーションもが猛然と吹き出してきて、僕はそれらすべてをレース方面に暴発させた。

寝る間も惜しんで取材をし、執筆し、空いた時間はすべて競技に注ぎ込む日々。毎週土日は軽貨物車に競技車両を積んで、助手席に無理やり起こしたお妻様を乗せて練習会場へ。平日も競技車両のセッティングをしたくて、取材や打ち合わせにバイク積みっぱなしの軽貨物車で出かけて、そのまま港湾地帯などに車を停車し、その中で原稿を書いて、バイクをいじって帰宅なんて日々が続いた。

物好きが高じて古いバイクでの参戦だから、アパートの階段から居間や台所の隅っこまで、最大時で7本のストックエンジンが置かれ、それでも足りずに近所のコンテナ倉庫を借りて予備フレームやら練習用車両など突っ込む始末だった。

お妻様も「あんたが趣味に生きるならあたしも自由にする」とばかりに、人形の服作りに加えて熱帯魚飼育という新趣味を追加。たった1年で居間の壁際に13本の水槽が並ぶ水族館状態を作り上げてしまうのだった。

なお、なぜか飼育するのは「淡水フグ」が中心で、メコン川やらアマゾン川やらコンゴ川やら世界各地の河川に棲むお魚が我が家の居間に大集合！　それぞれに「ルンルン」「ちーちゃん」「だいだいさん」「だいごろうさん」「あほちゃん」「おなかちゃん」「米倉兄」「米倉弟」などと絶妙に最低のセンスで命名し、日々「ルンルンは可愛いねえ、お姉さん襲っちゃいたいよ」「だいさんこの戦争が終わったら僕と結婚してください」などと水槽のガラス越しに話しかけている。

こうして結婚から数年、我がアパートは、大量の書籍と鉄とアルミの塊と熱帯魚の水槽で、日本の木造建築の耐力テストみたいな状況になってしまったのだった。

「なんだただの似た者夫婦じゃないか」という読者のツッコミが聞こえるようだが、断じて違う！　相変わらず僕はなんとか部屋の秩序を保とうとしていたし、朝起きればお妻様が床に散らかしたものを拾い、脱ぎ捨てたお妻様の服を洗濯機にフルスイングで突っ込む日常を続けていた。

けれどなぜかお妻様の作る生活感マックスな我が家は、訪れる友人らから「鈴木さんのアパートに来るとおばあちゃんの家に来たみたいな感じがある」と好評であったことを付け加えたい。

「そう言ってもらえる雰囲気なんだからいいじゃない」

とお妻様は言うが、あまりの惨状にいたたまれず、「気を遣ってそう言ってくださっている」という発想はないのか君には。

薬への不信

さて一方で、ハードリストカッターだったお妻様のメンタルの具合と、小言大王の僕との夫婦関係はどうだったろうか。振り返ると、相変わらず僕の小言は続いていたが、お妻様自ら育て上げたスルー力と逆ギレ力は年々強化され、リストカットは再発することはなかった。

ちなみにその頃（2000年代中盤）は、いわゆる大人の発達障害がひとつの言説として盛んに語られるようになった時期でもある。生き辛い人々をテーマに取材してきた僕はこの新たな言説に飛びつくようにして書籍を読んだし、その著者の取材記事を書いたりもした。となれば当然、お妻様の抱えてきた問題が、実は発達面にあるという確信はこの頃にはできていたことになる。

この時点で僕がお妻様の発達障害を医療機関に相談しようと踏み切らなかった理由は、当時子どもの発達障害に「投薬療法を使うか使わないか」で発達障害医療界隈に少なからぬ違和感を感じていたからだ。

大人の発達障害が雑誌などである程度頻繁に取りあげられるようになった時期、同時に子どもの発達障害に対して海外の新薬を承認・導入しようとする流れが大きくなっていた。その薬剤名は「コンサータ」。現在では大人の発達障害にも処方されているものだが、この薬に僕は少し引っかかってしまったのだ。

なぜならコンサータなる新薬は、国内で「麻薬代わり」として乱用が大きな問題となった「リタリン」という薬剤をベースに、その依存性を軽減したり遅効・緩効にすることで乱用リスクに配慮した改良バージョンであって、その元となったリタリンの乱用者を僕は幾人か取材していたからだった。

リタリンは本来はナルコレプシー（睡眠障害の一種）に処方されていた薬で、覚醒剤にも似た特異な「覚醒効果」がドラッグとして注目されてしまっていた。たとえ元は医療機関からの処方薬とはいえ、乱用の現場では立派にドラッグとして利用され、現在では流通規制対象薬に指定されている。

当時の取材ケースでは、「ベゲタミン」という強い睡眠薬を砕いてスニッフィング（鼻腔吸引）することで強制的に睡眠して、強い覚醒効果のあるリタスニ（リタリンの鼻腔吸引）で精神を強制起動するというルーチンにハマっているミドルティーンの少女らもいた。リタリン中毒者はシャブ中と同様に行動がパキパキしていて異常なテンションで、独特の口臭もあるのですぐにわかる。こうなるともう遊びの一環なんてステージは通り越して、廃人状態だ。

そしてこうした乱用者、特に若い乱用者を取材する中で、その乱用の入り口がローティーンの頃に医師から処方された抗不安剤や睡眠導入剤のドラッグ的使用というケースも多く聞かれるようになると、当然ながら僕はお妻様のメンヘラ仲間に横行していた薬剤トレードや、お妻様自身が苦しみ悶えつつ成し遂げたＳＳＲＩの断薬も思い出さざるを得ない。

あまつさえ当時子どもへの処方承認が待たれていたコンサータはリタリンに比べると大幅に薬価が高く、精神科医療の現場に大々的キャンペーンを張って浸透したＳＳＲＩと同様の、巨大な製薬利権の影を感じざるを得なかったのだ。

精神的DV夫

さて、脱線を修正。話を我が家に戻そう。火のつき始めた「大人の発達障害ブーム」を俯《ふ》瞰《かん》しつつ、その一方で薬剤の暗黒面ばかりに直面することの多かった取材活動の中。さすがに僕もお妻様が強く発達面に問題を抱えていることを認識するようになりながらも、とても積極的に薬物を使用した治療には踏み切れないと思うようになっていた。

確かにお妻様は相変わらず家事やってくれないし、約束したことはことごとく破るし、家計に協力するほど稼いではくれない。けれども少なくとも我が家の経済はなんとか僕のシングルインカムでも回って趣味に費やせる余剰もあるし、部屋のカオスぶりの半分はすでに僕が作り上げたもので、もうお互い様だ。家事も仕事もギリギリまで僕が負担して、耐えられなくなったらブチ切れて小言を言うってルーチンでもまあいいじゃないか。

なによりも、せっかくあのふたりして辛かったリスカ期を乗り越えて、断薬して戻ってきた元気な変人のお妻様に、また人体実験みたいな投薬はされたくない。

果たしてこの時期のこの判断が正しかったかはわからないが、僕たちの結婚生活は、この時点で結構な崖っぷちだったのだと、今になってみれば思う。色々と自分の中で折り合いをつけているつもりでいながら僕の我慢も相当にギリギリで、ストレスが溜まりすぎて一線を越えたらなにかの拍子で手を上げて肉体的なＤＶに進行していたかもしれない。

そもそも精神的ＤＶが肉体的なＤＶよりも軽いという考え方も変で、僕の小言や物に当たるといった精神的ＤＶのダメージは、お妻様の持病（年に数回救急病院のお世話になる胃痙攣発作）に現れていた。そんな関係性に耐えかねて、いっそお妻様のほうから離婚を言い出す可能性だってゼロではなかったわけだ。

けれども、その夫婦間の危機にすら、僕たちは鈍麻していた。その頃のふたりがリアルな危機を感じていたのは、夫婦関係ではなくアパートの床だった。バイクのパーツという名の大量の金属の塊。壁を埋め尽くす水族館状態の水槽と、畳にめり込む膨大な書籍。２０１１年の東日本大震災では、強い揺れに水を溢れさせる13本の熱帯魚の水槽をふたりで必死に支えた。

そして結果、夫婦で考えた解決策は、物を捨てて減らすではなく、この物量を収納できる場所に引っ越すというものだった。条件は都心東側までバイクで1時間（高速道使用）。そして病弱なお妻様が万が一なにかで倒れても車で15分以内にたどり着ける総合病院があること。そして（僕が）頑張って貯めてきた貯金で現金一括購入できる格安物件であること。どうせ電車など使わないのだから、最寄りの駅など不要！

ということで選んだのは、千葉県中央部の水田と森林に囲まれた農村（最寄り駅まで徒歩1時間）の中古戸建てだった。ちなみに通常こうした田舎暮らしデビューには「妻の理解」

が最も大きなハードルと言われているが、お妻様は物件の下見に行った際に、敷地入り口で白くて人懐こい猫を見つけ、「うなしー」と命名（細長くてウナギ的なため）。「うなしーのいる村に引っ越すだ！」と即断即決なのであった。

そうと決まれば、一刻も早く、アパートの床が抜ける前に脱出である。2011年晩秋、僕たち夫婦は、夢の田舎暮らしに突入したのであった。憧れの床面積、収納たっぷりの、敷地なんか250平米ありゃバイクの解体屋が作れるぜ！

と思っていた引っ越し数日後の朝、お妻様は激しい頭痛を訴えて病院に行き、その場で受けた検査で右脳に巨大な脳腫瘍があるとの診断。そのまま意識不明となってしまったのだった。

第三章 まずお妻様が倒れ、そして僕も倒れる

お妻様の死を予感する

2011年11月11日。その日の前後のことは、思い出したくないと思っても細かな出来事や時刻まで克明に覚えている。病院で脳腫瘍と診断され、そのまま意識を失ったお妻様は、当然のことながら緊急入院となった。非常に大規模で困難な手術となるため、手術日は15日に設定。ベッドの上で、目を向けるのも苦しいほどの七転八倒が始まった。

お妻様は、文字通り生死をさまよった。激しい頭痛に全身から大量の汗を流してもだえ苦しみ、1時間ほど意識を失うと、今度は猛烈な寒さを訴えて意識が半覚醒したり、逆に暑さを訴えて着ているものすべてをはだけてしまったりを繰り返した。起き上がって半分目が開いていても、意識はなく問いかけに答えはない。

ちょうどそのとき僕が抱えていた仕事は取材がほぼ不要なムックの執筆だったから、僕はそうして七転八倒を繰り返す入院病棟のお妻様の横でノートパソコンに向かって仕事をし続けた。

ふとお妻様の上半身がワイヤーかなにかで引っ張られたようにスッと起き上がったので、後ろから支えようとすると、白目をむいて激しく痙攣し、口元から泡が落ちた。すぐに担当医の処置があって落ち着いたが、てんかんの発作だった。

お妻様の死を予感した。

MRIに造影された腫瘍は本来左右均等なはずの脳の形を大きくゆがめるほどに巨大で、主治医からは、手術の結果、一命を取り留めたとしても、性格に変容があるかもしれないと言われた。

刻一刻と迫る手術を、もがき苦しむお妻様の手を握ることしかできずに待つ日々の中、僕は信じたことのない神に祈りつつ、自分を責めることしかできなかった。

とにかく生きていてくれさえすればいい。でも、お妻様がその性格でなくなってしまうとは、どういうことだろう。負担に感じ続けていた奇行もだらしなさも、妙な言動もなにもかもが、失われてしまうと思えば絶対に失いたくないものだ。

働かない、家事をしない、気が利かない、たまに優しくない。それがなんだというのだろう。僕は家事と結婚したいのか、気が利く人が好きなのか、「働かなくても大丈夫よ」と言ってくれるキャリアウーマンさんがほしかったのか。

もしお妻様が死んでしまったら、残りの人生をどうするのか？　再婚する？　リアルにその可能性を考えて絶望した。ありえない。誰と？　お妻様に似ている人？　いや、絶望だ。なぜなら、この世の中には、お妻様以上どころか、お妻様に似ている女性だっていない。人類の半分は女というが、少なくとも僕にとってお妻様に代わる人は、人類70億人の中に1人もいないのだ。

なんて人を好きになってしまったのだろう。せめて、どこにでもいる凡庸なパーソナリティの人ならば、僕はこんなにも大きな喪失に怯えることはなかっただろうに。

確かにあまり家庭運営に協力的でないお妻様に苦労してきてはいるが、それ以上に僕はお妻様に支えられてきたんじゃなかったか。僕の取材記者としての仕事は、とても危険だったり面倒くさかったりする人たちをターゲットにしてきたけど、お妻様はひと言として文句を言ったことはない。言うとすれば「無事ならいいよ。お世話になった人にはちゃんとお礼するんだよ」「誰かのためになる仕事をしてるんでしょ。じゃあいいじゃん」。

心に深い闇を抱えた取材対象者に会うときには、その闇に引っ張られてしまうこともたびたびあった。あまりに凄絶な人生を送ってきた取材対象者になにをしてやることもできず、無力感で泣きながら家に帰ってみれば、足の踏み場もない部屋の中でステテコみたいな変な服一枚で大の字で寝ているお妻様。悲嘆の世界から一気に「僕の日常」に引きずり戻されて、どんなにかありがたく思ったものではないか。

そんなことを重ねるうちに、精神的に辛い取材のときにはお妻様についてきてもらい、取材の間何時間も待ってもらうのが、僕の取材スタイルになっていった。やはりお妻様はなにも言わず、「旅行みたいでこういうの好きよ」「待たせるならマニーよこせ」などと言っては、取材終わりで疲れ果てた僕を近所の水族館などに引きずりまわして、「キツい取材」を本当に「小旅行」にしてくれるのだった。

支えてきた。けれどそれ以上に、支えられてきたんじゃないか。お妻様が死んでしまったら、この仕事は続けられない。僕が生きる意味も、書く意味もない。

腫瘍がそこまでのサイズになるということは、相当前からあった腫瘍なのだろうと医師は言うし、原因としてなにか特定できるものはないとも言うが、お妻様の乱れた食生活を放任してきたのは僕だし、僕の車の中はいつも積んであるレーサーから漏れるガソリンの匂いが充満していた。あれが悪かったなどということはないか。

僕のしたなにかが、もしくはしなかったなにかが、お妻様の腫瘍の引き金になったのではないか。

前兆はあった。頭痛を訴え始めたのは引っ越しの準備を始めた夏頃からで、寝苦しさにもがいて起きるときには枕のほうに足があるということがたびたびあった。朝どころか日が暮れるまで布団の中にいるものだから、大量の荷物の梱包や行政上の手続きまで、そのほとんどを僕がやることになり、きつい叱責の言葉を投げ続けた。

引っ越しが終わってからも、荷物の片づけやあちこちの掃除などを手伝わずにひたすら頭が痛いと言って寝ているお妻様をなじり続けた。食欲がないと言うのにお粥を作って無理に食べさせるも、ひとくち口をつけただけで器は寝室の出窓に置かれ、直後にトイレで嘔吐。「吐いちゃってごめんね」と言ってトイレの前の床で腹を押さえるお妻様に、この忙しいさなかにまた恒例の胃痙攣発作かと、冷たい目で見下ろした。

って言いなよ」

「謝るんじゃなくて、具合が悪いなら病院に行けばいいじゃん。連れてくから、連れてって言いなよ」

言えるものか。

あまり気は利かないが「気を遣う」のは人一倍のお妻様は、忙しそうに仕事と引っ越しの後片づけをバタバタやっている僕に、ギリギリのギリギリ、本当に限界まで「病院連れてって」と言えなかったのだろう。

いよいよおかしいということで病院に連れていったら、意識不明という経緯だ。忘れていた。お妻様はたいがいのシーンではヘタレの根性なしっぽいが、その心の芯は驚くほど強くて、しなくていい我慢も、言えばいい弱音も、ギリギリまで自分の中に封じ込めて耐え続けてしまうのだ。

意識不明のままベッドの中で暴れ続け、どんどんやつれていき、ただただこの細い体のどこにそんな力があるのかと思うほどの握力で、僕の手を握り返してきた。意識が半ば覚醒した瞬間があったとしても、辛い、苦しい、助けて、どんな泣き言もひと言も言わずに、ただただ僕の手を握りしめ続けた。

なぜお妻様のこの痛みが、僕の痛みにならないのだろう。つないだ手を通じて腫瘍が僕の脳に移動してくれればどんなに良いだろう。そんなことを思いながら、結局僕はベッドの横に座っていることしかしてやれないのだった。

ヒャッハーしてましたよね

緊急入院から4日後、何時間にも及ぶ手術の結果、お妻様の脳腫瘍の摘出は成功。担当医から「ほぼ100%切除できた」「少なくとも命は取り留めたと言える」との言葉を聞いて、僕はICUの床に腰を抜かして、目から涙、鼻から鼻水、口からよだれと、顔面から流れ得るあらゆる液体を垂れ流して立ち上がれなくなった。

とはいえ、一命を取り留めたからには最大の心配は、直径62ミリメートルもの巨大な腫瘍を切除して、そのパーソナリティが失われてしまっていないかだ。手術翌日、病室に行くとお妻様はすでに目を覚ましていて、スッキリした顔をしていた。

「ああ、死ぬかと思った」

返す言葉がない。

「なんかいろいろ覚えてないんだけど、そういえば夢見たよ。映画の実験室みたいな感じに、ガラス越しにICUを観察できる部屋があって、あたしベッドで寝てるじゃん。そうしたらガラスの向こう側で手術した先生たちが、三角のパーティ帽かぶって、みんなでなんかクラッカー鳴らしてヒャッハーってフィーバーしてんだよね。それで朝、先生に『ヒャッハーしてましたよね』って聞いたら、ヒャッハーしてませんって言われた」

聞いたんかい！

「でさあ。あたしの腫瘍取ったところって、やっぱり丸めた読売新聞入ってるのかな？」

間違いなくお妻様だった。あの得難い性格は、失われていなかった。

手術翌日の夜にかけて顔面に手術による内出血の鬱血が出てきて腫れあがり、試合後のボクサーのようになってしまったけれども、とにかくお妻様としては悩まされていた頭痛がなくなったことで相当スッキリなようだ。後遺症さえなければ、多くの脳腫瘍は「腫瘍を取ってしまえば健常」と言われているらしい。けれど……。

涙を流したのはたったの一度きり

膠芽腫《こうがしゅ》、脳腫瘍の中でも最も悪性度が高いもの。5年後の生存率8％。

一命を取り留め、そのパーソナリティを失わずに済んだ。そんな喜びから急転直下、2011年末、主治医より告知された腫瘍の組織検査の結果は、考え得る最悪のものだった。

膠芽腫は、腫瘍細胞が浸潤する（しみわたる）ように正常な脳細胞の間に広がり、しかも外縁部はMRIにも造影されないため、手術で全腫瘍細胞を摘出することが困難で、再発率も高い。ネットで当事者や家族の発信する情報を見ても、1年そこらで再発して亡くなりましたといったものばかり。「完治はない」と断言する無慈悲な医師の言葉も散見された。

治療方針は、まず標準療法として、従来型の治療薬より分子が小さく膠芽腫に効果が見込めるとして承認されて数年の「テモダール」なる抗がん剤と、手術で摘出した腫瘍の外縁部に集中して放射線照射する療法の併用。加えて抗がん剤の奏効率を上げる目的でインターフェロン点滴を併用する治験グループにも参加。まずはこれを入院加療として集中的に1ヵ月行い、その後は毎月5日間、自宅での抗がん剤服用を続けるというもの。

だが、この突き付けられた現実に、僕とお妻様の立ち位置は、あまりに異なっていたように思う。

僕はといえば、失うことばかりを考えていた。もし再発したらどうやって生きていくか、生きることを諦めて後追い自殺をすることを含めて考えた。せっかく念願の自然に囲まれた田舎暮らしを始めたのに、日々移り行く季節の花々を見ては、来年この花を夫婦で見ることはできないかもしれないと思い、2ヵ月に一度のMRI検査では毎回手汗がびっしょりになるほど緊張し、無事に「再発兆候なし」の結果で検査終了すると、次のMRI検査までの2ヵ月が夫婦で過ごせる最後の時間だとしても悔いのない夫婦生活を送ろうと、毎回毎回誓った。

一方のお妻様はというと、生きることだけを考えていた。不安や恐怖しかない宣告を受けても、お妻様が涙を流したのはたったの一度きりだ。手術が無事に終わり、病名告知を受けた後、抗がん剤治療が始まると生モノが食べられなくなるということで、僕らは茨城県の那《な》珂湊《かみなと》に寿司を食いに行った。その帰り、車の窓から美しい冬の夕日を見て、お妻様は涙を流した。

予定されている放射線治療は、腫瘍があった部分の外縁部を最大限広範囲に照射することが求められ、左右の視神経が交差する視床下部ギリギリを攻めることになる。放射線の担当医からは、この際の弊害として「最悪のケースは全盲」と告知されていた。お妻様は生きることだけを考えていたが、夕日を、空を、小鳥を見られなくなるかもしれない可能性に、一度だけ涙を流した。

そのあとのお妻様は、「死ぬときは死ぬし、死なない人間はいない」と宣言し、生きている今を最大限楽しむモードに見事にシフトチェンジ。いや、もともとそれこそがお妻様の主義そのものなのだが、一層人生楽しむモードを加速させたのであった。

そんな男前のお妻様を前に、僕もまた、間違った方向に加速した。

*

まずお妻様には毎月の抗がん剤治療に集中してもらうべく、「家事は一切しないでいい」宣言。従来のものに比べれば圧倒的に副作用が少ないと言われている抗がん剤テモダールだったが、やはりどうしても正常な細胞にもダメージを与えてしまうため、免疫の強さの指標であるWBC（白血球）の数値が落ちてしまう。この数値が一定の基準を満たしていないと抗がん剤治療が継続できないため、とにかくストレスになることは一切してほしくなかった。

同時にやはり免疫を強くするために、三度の食事は「免疫を強くする食事○品」みたいなレシピ本を参考に僕が管理し、食事と起床就寝時間を管理するために、携帯電話のタイマー機能に「僕の起床、お妻様起床、朝食、昼食、夕食、就寝」と、複数の設定を入れるありさま。

今思えば、お妻様にとって最もストレスがない生活とは、「好きな時間に起きて好きな時間に寝る」なのだが、とにかく毎回の血液検査の数値に一喜一憂してしまう僕は、健康情報を見ればどこにでも書いてある「午前中の日の光を浴びる」＝太陽信仰みたいなものを、お妻様に押しつけた。お妻様に一日でも長生きしてほしいという思いがさせたこととはいえ、完全に僕は喪失の恐怖にとらわれ、暴走していたのだと思う。

お妻様はと言えば、見事なまでに、変わらなかった。面倒くさい僕との生活の中でご立派に育てあげた圧倒的スルー力で、小うるさい管理魔の僕をのらりくらりと巧みにかわし、愛想のかけらもない地域の猫を「めちゃめちゃしつこく話しかける」という力技で籠絡《ろうらく》しては、我が家に招きまくる日々。お約束の酷いネーミングセンスは脳みそに直径62ミリの大穴が空いているくせに健在で、「くさいちゃん、汚いちゃん、ひゃんちゃん、眉毛、にゃん王、ビビり玉、うなしー、エレノアさん、大白、中白、小白、汚れちゃん、錆ぃさん、おばやん、ラテ男ちゃん、しっぽさん、ロングしっぽさん、しっぽぽーん」と、えーと、あと誰がいましたっけお妻様?

「パンティちゃんな。最近あの子来ないなあ」

とまあ、思い出すだけでうんざりする命名をなさっている。

僕が手汗びっちょりかくほどに緊張して聞く毎回のMRI検査後の問診時にもお妻様はシレッとしたもので、主治医からも「あなたは、その突き抜けた性格だからいいんだと思います(うまく闘病できていますよ)」と太鼓判。結局毎月1回の抗がん剤治療を2年間クリアし、2017年初春をもって、5年生存率8%の中にも滑り込んだのであった。

が、残念ながら、そこまで僕の身体がもたなかった。2015年5月末、僕は脳梗塞を発症し、緊急入院することになってしまったのだった。

なるべくしてなった

41歳、僕は脳梗塞に倒れた。右側頭葉に、アテローム血栓性脳梗塞発症。原因は高血圧や動脈硬化などというが、自らを顧みてこの脳梗塞は、「なるべくしてなった」のだと思う。

お妻様の死を考えることは、僕にとってはとても耐えきれるものではなかった。当時の僕は、友人にもお妻様本人にも「早く死にたい。お妻様より先に死にたい」とたびたび言っていた。そしてその死の影に怯えるあまり、僕はほぼすべての家事を一人で背負い込んだ。完全に暴走していたのだと思う。

お妻様と僕は食事の時間が合わないから、毎日6食を作る。お妻様のメニューに関しては本人の食欲は無視して、高たんぱく高ミネラル高カロリーの免疫対策メニュー。加えて日々の掃除と洗濯と庭の維持と……お妻様にお願いしていたのは、年々増え続ける猫の世話と、どうにも手が回らないときの食器洗いぐらいだ。

一方で仕事も詰めて詰めて詰めまくった。元々ワーカホリックな性格だったのは20代序盤のド貧乏時代のトラウマゆえだが、それに輪をかけて、稼いでも稼いでも、貯めても貯めても安心はできなくなった。残念ながら30代前半で脳腫瘍に倒れたお妻様は医療保険にも生命保険にも加入していなかったし、一度脳腫瘍をやってしまえばその後に新規で保険加入は困難だ。膠芽腫の5年生存率8％は、5年後死亡率92％とも言い換えられる。そして、この92％に入ってしまった場合には、金に糸目をつけず最大限の先端医療と、最後には苦しむことのない緩和ケアをしてあげたかったから、身を削るようにして働いた。

幸いにも（不幸にも）もともと睡眠時間は極端に短いほうだったし、ありがたいことに新書や漫画の原作などと新しい仕事への挑戦の機会も得て、起きている間じゅう仕事を詰め込んだ。

そんな中で、脳梗塞に倒れる少し前から「もう無理かな」という予感もあった。特に当時抱えていた週刊連載漫画の原作仕事は猛烈な負荷だった。毎週出版社に赴いて次話の簡単な物語の流れをプレゼンし、担当編集や漫画家の希望を聴取してその場でシーンやセリフがすべて入ったシナリオを作る。さらにそのシナリオについて意見を聞きながら、2稿3稿とブラッシュアップする。

そんな作業は最も短くて6時間、最長で16時間ぶっ続けということもあり、出版社に缶詰で作業して明け方に帰宅し、座って休むこともなく台所に立ってお妻様の朝食を作ることが、たびたびあった。ちなみにこうして出かけている間のお妻様の食事も、やはり弁当箱に作り置いて家を出るから、本当に休む間がない。

座ってしまったら立ち上がれなくなりそうで、座れなかった。自らの食事は台所で丼物を作って立ったまま済ませることも少なくなかった。

「このペースで働いているとそろそろ倒れると思う」

そうお妻様に言って、倒れた際に連絡してほしい担当編集や大事な継続取材対象者をリストアップして渡したのが、倒れる3ヵ月ぐらい前だったろうか。リストを手渡した際のお妻様の反応は覚えていないが、たぶん僕の内心はこうだったと思う。

「もう限界。お妻様に生き延びてほしいから家事も仕事もすべて俺が背負い込むし、俺がそうするって言ったけど、君は本当に俺が倒れてしまうまで、そうやって家事も仕事もしないでいるの?」

そう、よく考えなくても僕の脳梗塞は「なるべくしてなった」。

むしろあの暴走は、3年半の時間をかけた自殺企図だったし、どれほど僕が僕自身を追い込んでも「やっぱりなにもしてくれない」お妻様に対して仕掛けた耐久レースだったのだと思う。しかも僕しか走っていない独り相撲の耐久レースだ。

なんという愚かさなのだろうか。

こうして自身を追い込んだ結果、死ぬならぽっくり死ねると思っていた僕は、全然ぽっくり死ねずに脳梗塞で倒れた。そして倒れた翌日には、病院のベッドに付き添ってくれているお妻様に対して、マヒして呂律《ろれつ》の回らぬ口調で相変わらずの叱責の言葉を投げつけた。

「わかってる? お妻様は、俺が本当に倒れちゃうまでなにもしてくれなかった。死ぬかもって言ってたのに。俺はお妻様に殺されかけたんだと思う」

違う。あほか僕は。

生きることにファイティングポーズのお妻様の気持ちを余所に、その死に怯え続け、家事も仕事もなにもしないでいいから生きてくれとお妻様に宣言してすべてを背負い込んだのは、誰でもない僕自身だ。それを棚に上げて、なんという理不尽なことを言うのか。

*

けれど、医師から高次脳機能障害と診断された僕は、自分でももう訳のわからない状態になり、大きな混乱状態に陥ってしまった。

高次脳機能障害とは聞きなれない言葉だが、倒れた直後の感覚はとにかく自分を自分でコントロールできない!! だった。

視線が自分で制御できない。表情も制御できず、話そうとしても顔がグシャグシャに引きつってしまう。喜怒哀楽あらゆる感情が猛烈な大きさで自力で制御できず、ちょっとしたことで怒鳴り散らしたくなるような怒りが胸の中に溢れ、いつも号泣寸前みたいに感情が高まっていて、ちょっとした嬉しいことや綺麗なものを見るだけでも、とたんに滂沱《ぼうだ》の涙が溢れだす。

脳が壊れ、人格も壊れてしまった僕。だが、そんな僕が抑えきれぬ感情にワナワナしながら「おまえのせいで倒れた」と呪詛《じゅそ》の言葉を吐こうとも、お妻様はひと言も言い返すことなく、ただただ毎日病院にやってきて、定められた面会時間内いっぱいを使って、僕に寄り添ってくれたのだった。

僕がどんなに取り乱していても、制御できない感情にパニックを起こしていても、お妻様は毎日毎日欠かすことなく病院に来てくれた。病床の僕の横に付き添い、まっすぐ歩けずやたら壁や段差にぶつかる僕の手を引いて病院内を歩き、僕が倒れる前と同じに、今日は猫となにを話しただとか、昨日の動物&自然科学系まとめサイトの面白い記事報告だとか、庭のカマキリが三齢幼虫になったといったとりとめもない話をしてくれる。

そんなお妻様だったが、僕に付き添いながら、泣き言はひと言も言わなかった。不安に思わないはずがない。今後の仕事のこと、生活のこと、家の維持。そして残ってしまった僕の障害。けれどもお妻様は泣き言はひと言も漏らさずに、ただ「頑張りすぎたね、すこし休もうよ」と言ってくれた。そして、脳梗塞後の壊れた脳が知覚する自分の身体を他人の立場でリモコン操作しているような狂気の世界観の中で混乱し、苦しみもだえるしかない僕に寄り添い、ただただ手を握り、背中を撫で続けていてくれた。

「でも頑張りすぎたのも休めなかったのも、お妻様のためじゃないか」

そんな僕の憤りは、淡々と傍らにい続けてくれるお妻様の前に、徐々に封じ込められていった。そして、あれはまだ緊急入院から急性期病棟に入って、1週間ぐらいのことだったろうか。深夜の入院病棟で、僕はあることに気づいて愕然とした。

僕はお妻様から、「それらの言葉」を聞いたことが一度もないのだ。

家を掃除して綺麗に保ってほしい、洗濯をしてほしい、おいしい食事を作ってほしい、仕事を頑張って成功させてほしい。稼いでほしい、貯金をしてほしい。

どれほど過去を掘り起こしても、ただひと言とてそんな言葉をお妻様に言われた記憶がない。お妻様がまだ彼女様で、僕の家に押しかけ同棲をかましてから、実に16年以上が経っていた。けれどもその間の生活の中で、お妻様からこの類の要求の言葉を言われたことが、一度たりともないのだ。

そうだった。お妻様が16年間僕に言い続けてきたことは、一貫して「そばにいてほしい」「一緒にいる時間がもっとほしい」「どこそこに行きたいね（一緒に）」といった願いばかりだったじゃないか。

もちろん変な物欲魔人のお妻様だから、あれがほしいこれがほしいと（安い&妙な）物をねだることはあったけど、少なくとも僕がお妻様の「ために」やってきたつもりだった家事も仕事もなにもかも、お妻様から「やってほしい」と言われたことは一度たりともなかった。

愕然である。

だとすれば、僕はそれまでなにをしてきて、なにを頑張ってきて、挙句の果てに倒れたのだろう。お妻様がなにを望んでいるかなど関係なく、僕自身が「お妻様は、我が家は、こうしたほうがいい」と思ったことをやってきて、勝手に倒れただけではないのか。一方で、お妻様は常に僕がなにを望んでいるのかを考え、自身の持つ能力の中でやれる限り精いっぱいのことをしてくれている。

相手が「したほうがいい」と僕自身が思うことを、相手のためだと押しつける僕。

相手が「してほしいこと」を考えて精いっぱいやる（けどちょっとズレてたり中途半端だったりする）お妻様。

果たして相手のことを考えているのはどちらだろう。そのことに思い至った僕は、深夜の病室で滂沱と流れる涙を抑えることができなかった。

なんて時間がかかったんだろう。なんて僕は愚かだったんだろう。お妻様の大病を経験したことで、どれほど僕がお妻様に支えられてきたのかを痛感したはずだった。お妻様に代わる人など全人類にいないのだと思い知ったはずだった。そんな経験をしてもなお、僕は僕たち夫婦がどうあるべきかに、半端にしかたどり着けていなかった。

夫婦で生きていられる一日一日に感謝しつつ生きていきたいとあれほど思いながら、僕は不器用なままでにお妻様を背負い込み、自分で背負ったにもかかわらず耐え切れず、相変わらずの小言でお妻様を否定した。そして、お妻様も意図してのことではないにせよ、変わることなく僕に負担をかけ続けた。

僕たちがこんなにも傷つけ合わずに生きていくために、まず変わらなければならないのは、お妻様ではなく僕のほうなのだ。改めて大懺悔である。

ようやくあたしの気持ちがわかったか

ともあれ、ようやく気づきに至って、改めて立ち位置は確定した。僕は支えているようで、実は支えられている。そして、僕は脳梗塞を経て高次脳機能障害を負うこととなり、いよいよお妻様の支えがなければ生きていけなくなってしまった。ならばどうしよう。どんなに気づいたところで、現実はシビアだ。

なぜならお妻様は大人の発達障害当事者。僕にとって最大の支援者でありながら、具体的に家庭の運営とか維持とか収入面での支援を丸投げで期待することはできない。お妻様がそれでいいと言っても僕はゴミ屋敷には住みたくないし、毎日コンビニ弁当食べてたらお互いに病気が再発しかねないし、なにより僕も再び仕事に復帰して所得を得なければならない。お妻様が望まなくとも、僕自身がある程度の生活環境を維持できなければ、またストレスから別の病気になってしまいかねない。

では本当に、どうすればいいのだろう?

＊

こんな出来事があった。緊急入院から10日ほど後のことだ。幸いにも歩行の機能は失わなかった僕は、入院病棟の購買でコーヒーとフリスクでも買おうとしたのだと思う。頭がぼんやりしてあらゆる思考に時間がかかり、世界と自分の間に分厚い膜があるような猛烈な違和感に包まれていた僕は、とにかく刺激物を欲していた。ゆがむ視界に戸惑いながらもなんとか目当ての商品を手に取り、レジに並んで、前の人の会計が終わって、次は僕の番。といったところで、僕はパニックを起こしてしまったのだった。

僕がレジ前でやるべきことは、簡単だったはずだ。まず商品をレジのおばちゃんに渡し、支払額を聞いて、それに合った小銭をポケットから出す。会計を済ませ、お釣りがあるならそれを貰ってポケットに入れて、商品を受け取って購買を出る。それだけのことなのに、僕はレジ前で固まってしまった。

商品は右手に持っていた。お金はズボンの右ポケットだ。ならばまずは僕は右手の商品をレジ前に置くべきなのに、なぜか僕はそれができずに「左手で右のポケットからお金を出そうと」してしまった。

身体をひねって変な恰好をし、左手には結構麻痺が残っていたからお金は出せないし、そもそも僕の左手は右ポケットに届くほど長くはない。

どうしよう。僕は短い左手を必死に伸ばして、右ポケットの入り口付近を必死に探る。けど、指は届かない。

店員さんはじっと僕の動きを待っている。「早くしなさいよ」。そんなことはひと言も言われていないのに、言われている気がした。後ろに他のお客さんがまた並んだ。どうしよう。焦りの感情が心の中で膨れ上がり、息苦しい。

なんとか知恵をひねり出すようにして商品をレジ台に置き、右手でポケットの中から金を出した。ところが今度は、小銭を数えようとしているのに、それができなかった。

あれ、いくらって言われたっけ？　目の前のレジに電光表示される金額は、僕の商品の金額なのだろうか？　わからなくて、麻痺で呂律の回らぬ口調で店員さんに聞く。

「……い……いくら……れすか？」

「392円です」

普通の返答だろうに、その言葉は異常に聞き取り辛い早口に感じる。意地悪なおばさんだ。もっとゆっくりわかりやすく言ってくれればいいのに。言われた値段をすかさず電光表示の金額と比較すると、同じだ。電光表示も392円。

じゃあ支払おう。ポケットから出した右手の小銭を、数えようとする。100円を1枚、2枚、あれ？　会計はいくらだっけ？

電光表示を再度確認。392円。

確認して目を離し、再び右手の小銭に目をやって、100円を1枚、2枚、3枚……あれ？　会計はいくらだっけ？

電光表示から目を離すと、小銭数えてる間に金額がわかんなくなる。300円まではなんとかレジ台に出して、今度は10円玉を1枚、2枚、3枚、4枚、5枚……あれ、今何枚まで数えたっけ？　いや、そもそもお会計はいくらだったたっけ？

経験したことのない頭の混乱に、思考が停止した。なんでこんなことができないんだろう。ああ、店員さんも他のお客さんも待っている。焦りの感情が溢れて額と背中に汗がどっと出る。必死になってもう一回小銭を数えようとすると、後ろに見舞客の子どもの叫び声が聞こえて、また何枚まで数えたのか、支払総額がいくらなのかわからなくなる。このまま「やっぱ要りません」と言って病室に逃げ戻りたい。もしくは叫びながら暴れまわりたい。

どうしようどうしようどうしよう。

にゃあああああああああ‼（心の叫び）

なんとか「1000円札で払う」という超必殺技でクリアした僕は、挫折感と情けなさと絶望感と、妙な「既視感」を抱えながら、ポケットを小銭で膨らませて病室に戻った。そして、見舞いに来てくれたお妻様に呂律の回らぬ口で、こう報告したのだった。

「お妻様、さっきレジでね。超意味わからんくなった。俺、小銭数えらんない。ヤバい」

「札で出せたんならいいじゃん。あたしも焦るとよくやるよ？」

そうか、だから貴様に財布を渡すとやたらめったら小銭で分厚くなって返ってくるのか。

「まあそうなんだけど。でも俺、これ知ってるんだよ。俺が取材してきた人たちって、結構鬱とかパニックとかのメンヘラさん多かったでしょ。発達障害の人多かったでしょ。レジでパニック起こして俺の前で泣き出しちゃった人とかいたし、コンビニで店員さん怒鳴りつけたりする人いた。小銭が数えられなくなった自分に絶望したって話、今まで何度も聞いてきたよ？」（興奮気味）

「大ちゃん、ゆっくり」

「ゆっくりしてたらレジの人待たせちゃうじゃん」

「じゃなくて、ゆっくり話せ」

情緒の抑制が利かず、呂律回らないくせに早口で嚙み嚙みにどもりながら話す僕を制御するお妻様。だがこのほとばしる感情と言葉もまた、既視感のあるものだ。

「お妻様、言葉が止まらないよ。考えたこと全部口に出て、窒息しそうになる。上手く話せないのに、止まらなくて、めちゃ苦しいけど。でもこういう話し方する人たちも、取材でいっぱい見てきたよ。大体空気読めないってハブられてた。いるじゃん、オタとかバンギャちゃんとかで自分話止まんなくなって浮きまくってる子。いま俺、スゲーそんな感じ。お妻様も昔のアニメの話とかするとそういうキモい感じになるときあるよね」

「はいはいわかったから、キモい言うな馬鹿」

訳のわからない興奮状態にある僕をなだめると、お妻様はこう言ったのだった。

「ようやくあたし（ら）の気持ちがわかったか」

高次脳機能障害と発達障害は同じもの

これが発見と考察の入り口だった。

脳梗塞後の僕には、数ある高次脳機能障害の症状の中でも、思考速度の低下や作業記憶の低下、そして注意障害や遂行機能障害と情緒の抑制困難などの問題が残った。僕がレジでパニックを起こしたのは、物事の手順を考えられなくなる遂行機能障害と、脳の情報処理や思考に必要な機能である「ワーキングメモリ（作業記憶）」がゴッソリ落ちてしまっていたからだ。けれどもそれは、僕がそれまでの取材活動の中で、そしてお妻様との暮らしの中で、何度も目にしてきたものだった。

原因が脳梗塞であれ脳外傷であれ、鬱病であれその他の精神疾患であれ、発達障害であれ、「脳の問題を起因とする障害を持つ者」がやれなくなること、その不自由感と抱える苦しさは共通する。

高次脳機能障害という言葉は主に脳外傷や脳卒中などを原因として、脳の高次脳機能＝記憶や認知判断機能が失われることを指すが、発達障害とは生まれつきこの高次脳機能に問題があったり、ある時点から発達しなかったりといった障害を指す。つまり、先天的なのか中途障害なのかの差はあっても、基本的に高次脳機能障害と発達障害は同じものだとしても言い過ぎではない。

どうだろう。お妻様は先天的に子どもの頃から注意障害や遂行機能障害など発達面に大小の問題を抱えながら育ってきて、それは大人になっても改善していない。そして僕は脳梗塞になることで、後天的に高次脳機能を少し失った。

間違いない。脳梗塞に倒れることで、僕はお妻様と同じ当事者感覚を得たことになる。

じゃあ漫画が読めなくなってしまった（読んだコマの次にどこのコマを読めばいいのかわかんない）のはなんでだろう。なにか注意を引く物に視線が固定されるとなかなか目を離せず凝視してしまうのはなんでだろう。人と上手く目線を合わせて会話ができないのはどうしてだろう。外を歩くと景色や感情が心の中をいっぱいに満たして、息苦しくて歩けなくなってしまうのはなんでだろう。

＊

抱えることになった様々な不自由が、それまでの取材対象者たちの、そしてお妻様の抱えてきた苦しさへの理解につながっていく。

嗚呼、身をもって理解した。単に不自然な感じとか不器用とか空気読めないとか黙り込むとか泣き出すとか、そんな当事者の背後には、こんな苦しさがあったんだ。不自由なことと苦しいことが同じだと、僕は知らなかった。

「ようやくあたしの気持ちがわかったか」

「わかったけど、これはちょっと苦しすぎます」

でも、なぜ苦しいのか、なぜやれないのかがわかれば、どうすれば楽になれるのか、どうすればやれるようになるのかもわかる。

発達障害妻＆高次脳夫。お互いの障害を見つめつつ、我が家の大改革が始まったのだった。

第四章

発達障害妻＆高次脳夫の家庭改革

発見と考察の日々

日々、病前なら当たり前にやれていたことに失敗し、落ち込むのが高次脳機能障害。だが毎日僕の不自由や失敗をお妻様に話すと、「あたしもそれあった！」と、共に歩んだ15年以上の月日で一度も聞いたことがなかったようなエピソードが次々にお妻様から飛び出してくる。

「小学校低学年の頃、あたしも漫画のコマが次にどこのコマにつながってるのかわからなかった」

「親や先生に○○しなさいと言われて、頭の中で何度も復唱しても、なにを言われたかすぐにわからなくなって、あとから『なんでやってないの？　言ったよね』って年中言われてた」

「お前は人の話が右耳から左耳に抜けてるって言われて、左耳の穴押さえてた」

今ならめちゃわかるよお妻様。ビバ高次脳機能障害。こうして日々、発見と考察が重ねられていった。

などと言うとやたら前向きな印象だが、実際には苦しくて辛くて心と脳がはち切れそうで、僕自身がどうすれば楽になるのかを鼻水たらしながら必死に考えていたというのが正しい。そして、そんな風にことあるごとに僕がつまずいてハアハアとかワナワナとかして立ち止まっているのを感じると、お妻様は必ずこう言ってくれた。

「大ちゃーん。落ち着いて〜。空見て〜。ほら、雲見て〜綺麗だよ〜」

「苦しい。あとゴメン。俺、お妻様がこんな感じで苦しんでるとき、それ理解してるふりしてただけだった」

苦しさ、情けなさ、申し訳なさと抑制できない感情に、声が震え涙がこぼれる。そんな僕の背中をさすって、お妻様は続ける。

「いいからほら、雲見なよ。ほんと綺麗だよ」

「ありがとう。ごめん。でも、空見てても俺、お金稼げない」

「無理に頑張ると余計悪くなるよ。今は休む時期でしょ」

「休んでたらお金稼げない。生活できない。お妻様働いてくれないでしょ？」

「うるさい。いいから雲見なってば。雲って、同じ形のものは二度と見れないんだよ。今の雲は、今日の空は、一生で今日しか見れないんだよ。ただいまのお時間限定上映、お得だよ〜」

うううう。おまえは押し売りのおっさんか！　その押しに負けて空を見れば、味気ない病院の建物の後ろに広がる澄み渡った茜空のグラデーション。嗚呼、僕の見てこなかった空だ。こんな空を、お妻様は毎日見上げてきたのだと思うと、そんなお妻様を僕はまるで見てきていなかったのだと思うと、胸が詰まった。おかげさまで病後の僕のタブレットやデジカメは夕日に染まる雲や青空の中で微細な色の表情を見せる雲の写真コレクションでいっぱいになっていくのだが、ちなみにお妻様のアドバイスを翻訳すると「地上ばかり見ていると情報量が多すぎてパニックになるので、空を見て一度脳内の情報をクリアにしましょう」となる。

なんだか地上と手元の仕事と現実の生活ばかり見てきた自分が翻訳すると途端につまらなくなるが、それがたくさんの問題を抱えたお妻様が生き抜いてくるために、必要なことだったのだろう。

「ありがとうお妻様！　確かに雲見てると楽になるね。けどやっぱ雲見ても仕事になんないし、家事も進まんよ」

「そうですよねー」（棒）

自分に都合の悪い話になるといつでも返事が棒読みなお妻様。ありがとう。いやでもマジ、真剣に考えないとマズいっすよお妻様。もういっぺん脳梗塞やっちゃいますよ俺。

そう。確かに僕は高次脳機能障害になったことで、お妻様の気持ちが少しわかるようになった。けれども入院中の一時帰宅の際には、こんな出来事もあった。

身体面の麻痺は比較的軽度だった僕はほんの50日ほどで退院することになったが、それに先立って1泊2日で帰宅することになった。梅雨明けの湿度と蒸し暑さが不快な日だった。

だがその日、僕は久々の我が家の居間に入るなり、家の中のあまりのカオスぶりにパニックを起こし、座り込んで一歩も歩けなくなってしまったのだ。

高い湿度に、床にもテーブルにもへばりつく猫の毛。茶の間の床はあらゆる物に埋め尽くされて、文字通り足の踏み場がない。高次脳機能障害となった僕は注意障害の影響でその床に散らばった物のすべてから目を離せず、遂行機能障害で、なにをどこから片づければいいのか自力で考えることもできなくて、パニックを起こしてしまったのだった。

もちろんこのカオスぶりが、もともと片づけられないお妻様が毎日毎日病院の僕を見舞って支えてくれた結果でもあるのはわかっている。けれども、うう……どうすればいいのだろう。物の多さに混乱して心が窒息しそうだ。楽にこの状況を抜け出したいのならば、茶の間の掃き出し窓を開けて床に散らばる物を片っ端から庭に放り出すのが最善の手段。けれどそんなことをすればお妻様は激昂するだろうし、なにより傷つくだろう。掃除よりもはるかに大変な夫婦の関係修復というタスクを作り出してしまいかねない。

結局その日の僕は、何分かハアハアしながら動けなくなり、目をつぶってなんとか気力を振り絞ると、まず座り込んだまま手の届く範囲のものからゴミと大事なものの仕分け作業を開始。徐々に足場を広げてアルコールで床をふいて、結局せっかくの一時帰宅だというのに帰宅後の2時間以上を掃除に費やしてしまったのだった。

ちなみにその間のお妻様がなにをしていたかの記憶はないし、今ご本人に聞いてみても

「あたしも覚えてない。いっぱいいっぱいいっぱいだったから」だそう。

実際、お互いにいっぱいいっぱいだったのだと思う。ということで、どうにか茶の間を人の（僕の）過ごせる空間にしたが、その後に血圧を測定したら、今度は脳梗塞じゃなくて、くも膜下出血を起こしそうなほどの数値が出てしまったのだった。

これはいかん。やっぱり我が家はこのままではだめだ。これまで通りあらゆる家事も仕事も独りで背負い込んでしまえば、再び自爆の道を歩むことになるし、僕自身が障害を抱えて独りでやれることが減ってしまった以上、退院して日常生活に戻るにはお妻様の協力が必要だ。

ううう。ならばどうしよう。そんな悩める僕を指導してくれたのは、回復期病棟で僕を担当してくれた若い女性言語聴覚士だった。

ルンバをポチる

「助けてください先生。一時帰宅したら家がカオスすぎてどう掃除すればいいかわからなくて、死にそうになりました、これじゃ血圧上がって再発します俺」

半泣きになりながら相談すると、その小柄でにこやかな女性セラピストは、微笑みながらこう返してきた。

「それは困りましたね。そんな鈴木さんには、退院とその後の生活のために環境調整が必要だと思いますよ」

かんきょうちょうせいってなんですか？　えあこんかなんかですか？

「ズバリ言いますと、鈴木さんは家事のクオリティにこだわりすぎ。そして抱え込みすぎなんですよ。まずは炊飯ジャーとルンバ（お掃除ロボット）でも買ったらどうですか？」

既婚だという先生は、見事に僕の抱えた問題の本質に気づき、斬り込んできた。

ルンバだとこのヤロー！　言語道断じゃ！　怠惰の象徴じゃ！　資本主義の豚じゃ！

実はこれ、冗談ではなく半ば本音である。そう。僕はお妻様の闘病もあって一日6食を作ってきて倒れたけど、「せっかく田舎に住んでて地元の米が美味いのに（千葉の米は感動的に美味いです）炊飯ジャーで炊いたらもったいねえだろ」ということで、米は土鍋で炊いていた。料理の腕が落ちるという理由で電子レンジすら拒んでいたものの、お妻様に懇願されてようやく買ったものだったし、「夏に暑ければシャワー浴びて扇風機に当たればいい」の主義で、せっかく戸建てを買った後もクーラーすら導入していなかった。

つまり「物に頼って自分の時間を作る」ということを一切してこなかったのだ。そんな僕にルンバなんか、もってのほかである。箒《ほうき》と塵取り舐めんなよ！　そんな話をすると、先生は目を丸くする。

けれど鈴木さん。そうやって生きてきた結果、41歳で脳梗塞やって倒れましたよね。シングルインカムに家事をしてくれない妻で忙しい忙しい言ってぶっ倒れたようですが、その自らの時間を削ってきたのは「鈴木さんご自身なのではないですか」。

この巻き毛ショートのかわいらしい先生が、『笑ゥせぇるすまん』（中公文庫）の喪黒福造《もぐろふくぞう》的にドーン！　な言葉であった。

あまりの刺しっぷりにクラクラっときやがったが、言い返せん。実際僕は脳梗塞で死にかけたのだ。それに比べれば、たかがルンバ、やってしまえ。ということで、病室に持ち込んだノートＰＣでＡｍａｚｏｎにアクセス、ルンバをポチり。震える手でポチり。２０１５年7月14日の午後、ルンバ８７１日本正規モデル５万２５００円、お急ぎ便翌日配達でヤマトさんごめんなさい。酷い注意障害で無駄な部分の記憶だけ突出している状態だったので、こうした記憶は糞細かいことまで鮮明だ。そして先生に報告だ。

「先生～俺ルンバ買っちゃいました！　ポチッとしました」

「オーケー、ルーク。壁を越えたな。物に頼ることを覚えたならば次のステージは人に頼ることじゃ。次の試練はお妻様に家事を頼み、一度頼んだならばその家事の仕上がりに対して一切の文句も指摘も口にしないこと。フォースとともにあらんことを」

「でも師匠。午後まで寝てる奴に午前中の家事は頼めません。あとお妻様は飯作ってってって言ったら炒め物は乾くまで炒めるし、塩こしょう少々の少々がわかんないし、醤油大さじ1杯半って言ったらガチで計量スプーン使うんです。醤油大さじ1杯半計るのに、大さじ探すところから始めて1分近くかかる人です。その間に料理は焦げます。掃除機かけてって言っても、床の座布団上げないで掃除機かけます。テーブル拭いてって言ったら雑巾縫うところから……」

「黙れ小僧。お願いする側の人間が文句を言うな」

はい黙ります。

いや、脳梗塞をやらかす前であれば、僕は黙らなかったろう。だが、僕は変わらなければならない。僕が変わり、お妻様の協力を仰ぐことができなければ、僕は再び脳梗塞に倒れてもっともっと苦しい思いをすることになりかねない。そして脳梗塞に倒れて、必死に僕を支えようとしてくれる日々のお妻様を見て、僕は重大な発見をしたはずなのだ。お妻様は僕がなにをしてほしいかを常に考えて、色々足りない部分はあるにせよ「自身の能力でやれる限り」をやってくれようとしてきた。対する僕がやってきたのは、「僕がやったほうがいいと思うこと」。日々支えられる中で、お妻様と僕とでは優しさの質がまったく違うことに、痛いほど気づいたはずだった。

その発見をバックボーンに考察すると、僕は根源的な問いにたどり着くことになった。

「なんのために家事をするのか？　僕はなんのために家事をしてきたのか」である。

家庭哲学みたいだが、考えたこともなかったその問いを自らの中で深めてみた。

回答はこうだ。

お妻様は綺麗な家など望んでいない。お客さんを呼ぶのに綺麗に片づいた部屋を見せたいみたいな見栄も持ち合わせていない。お妻様はお日様の香りのする衣類を望んでいない。洗濯しないで穴の空いたものを何年でも使っていて、ちょっと恥ずかしいぐらいだ。

三度の食事も栄養のバランスよくおいしいものを食べたいとは思っていない。そもそも食べることに興味がないし、猫舌だからできたてのご飯も汁物も不要。むしろちょっと冷めてるぐらいがありがたいらしい。

お妻様はお金にすら実はあまり興味がない。働いていないから財布の中は常に中学生並みの寒々しさだし、仕事の外出などに連れていくと、出先の別れ際に自らの財布に常時潜ませている「おかねちょうだい」と書かれたカネゴン（円谷特撮のキャラクター）のステッカーをそっと差しだしてくるが、まあ5000円も渡しておけば半日ショッピングやお茶をしてお釣りがくる。

だとすれば、僕が追われてきた家事や仕事はなんのためだったのだろう。それはすべて僕が望んだこと。まさに「僕がそうしたほうがいいから」やってきたものでしかなく、お妻様が望んだものではなかったのだ。

言語聴覚士の先生の「お願いする側が」の言葉がよみがえる。

僕はお妻様に家事を頼むときに、本気で「お願いする」と思ったことがあっただろうか？むしろ家事はやって当然のことで、やってもらってありがたいという気持ちが本当はなかったから、仕上がりに文句を言い「これならやってないのと同じだよ」とお妻様をなじることができたのじゃないか。もし家庭運営において夫婦が本当に平等だというのなら、家事が必要だと思っている側が、思っていない側に対して「お願いしてやっていただく」のが、正しい力学なのだ。

＊

この気づきは僕にとっては天地がひっくり返るほどに大きなものだったが、実は病後様々な人に説明してもいまいちピンときてもらえないので、例え話に置き換えよう。

例えばある夫婦の妻が、自家用車を一度でも走ったら「必ず手洗いで洗車する」という人だったとする。妻にとってそれは常識だ。なぜなら、彼女の育った家庭でも地域でも、友人たちも、みんながみんな、車を走らせるたびにいちいち洗車する。では、そんな人と結婚して家庭をもったとき、妻がその洗車ルールを主張して譲らなかったら夫としてどうだろうか？

別に毎回洗車しなくても車は壊れないし、真冬なんか手洗いじゃなくて洗車場で洗車機に突っ込めばいいし、なんでそんなルールがあるのか夫にはわからない。けれど妻は、夫が車を使って洗車をしないとクドクドと説教し、いやいや洗車をしても「なんでボンネットの裏まで洗わないの？　それじゃ洗車した意味がない」となじる。

うわ――――、やってられっか！　そんなこと言われるんだったら洗車なんかもうやりませんっていうか、車に乗るのも嫌です！

この夫に同情したくはならないだろうか。さて、極端な例ではない。これは、僕とお妻様の関係となんの差もない。育ってきた家庭でも結婚した僕からも散々叱責され「だったらもういい。掃除なんかもうやらない」とボイコットしてきたお妻様とこの洗車トラウマ夫は同じだし、多くの夫婦が抱えている家事のバランス問題の根底には、同様の無理解や理不尽が隠されているのだ。

生活の中でなにを重視するのかは個々に差があるが、お妻様が大病に倒れたときに「僕は家事と結婚したわけじゃない」と後悔したように、人の魅力はそんな習慣や好みにあるわけじゃない。ちなみに僕が退院して自宅に帰ると、お妻様はＷＷＦのチャリティステッカーで家じゅうの家電をパンダ柄にしていた。

「どうしてこんなことしたの？」

と聞けば、

「大ちゃんなんか幼児退行してるし、ずっと辛そうな顔してるから、せめて家の中を楽しい感じにしてあげたいと思った」

楽しい感じ？　なのはまあ認めますけど、ステッカーが陽に焼けたときにこびり付いた粘着成分を取るのは俺なんだけどな～。と思ったが、でもやっぱりちょっと嬉しくって、涙ぐんだ。病前の僕だったら「気づかいは嬉しいけど、台所の洗い物黙ってやっておいてくれるとかのほうが嬉しい」なんて余計なことを言ってた場面だ。

ようやく至った。固まった。我が家の改革の礎《いしずえ》となる大前提、国でいうなら憲法だ。

・第1条、その家事は誰が望んだものなのかを考える。
・第2条、本来その家事をやるべきはそれが必要だと思っている側なのだと知る。
・第3条、その家事が必要だと思っている側が、必要ないと思っている側に家事を頼む行為は依頼を超えて「お願い」であるべきだ。
・第3条2項、相手が必要ないと思っている作業をお願いしてやってもらっている以上、その仕上がりに文句を言うな。

我が家改革のための骨子がようやく固まった。

お互いに譲れないこと

我が家の家事の多くは、お妻様が本音ではあんまり必要ないと考えているもの。その家事を僕が一方的に必要だと主張しているのならば、それは僕が「お願いして、お手伝いしていただく。やっていただく」という立場にある。もちろんこの考えが、すんなり僕の中に浸透したわけではなかった。「家事はやって当たり前」という僕に染みついた価値観が払拭できないうちは、どうにも理不尽さを伴って感じられていたと思う。

退院し、家庭に復帰するにあたって、くだんの言語聴覚士からは、もうひとつアドバイスをもらった。

「夫婦でお互いに相手に対してひとつだけ譲れないことを主張し、交換する」

である。もちろん交換するとは、この「譲れないこと」をひとつずつお互いの中で受容し、許し、そのことについて文句を言うなということだ。

さあ、なんだろう。僕がどうしても譲れないこと……よくよく考えて、僕から先に口にした。

「僕が一番譲れないことは、朝に茶の間の床と机の上になにもない状態にしておいてほしいってこと。せっかく買ったルンバがスイッチ入れただけで掃除が始められるようにしてほしい」

そう、それはお妻様が僕の家に家出してきてから17年間にわたって続いた、朝起きたら床に落ちているお妻様のものを拾って回るというストレスフルな日課にはもう耐えられません、という主張だった。

対するお妻様は、「だったらあたしは、寝る時間と起きる時間についてなにも指摘しないでほしい。ノー目覚ましノー文句」。
わー、そこを突いてきましたか。お互いの頭の上に「それは、そこまで大事なことなの？」という疑問符が表示されたような気もするが、それまでの長い夫婦生活を考えれば、お妻様が寝る前に茶の間を片づけることも、お妻様の宵っ張りに僕が小言を言わないのも、相当にハードルの高いこと。決して不平等条約ではない。

もちろん心の奥底には「そうは言っても午前中に起きてくれなければ結局洗濯は俺がやることに……」みたいなわだかまりの根っこはしつこく残ったが、そんな不平は、入院から退院を経て日々膨れ上がるお妻様への感謝の気持ちによって、封じ込められていった。

なにしろ脳梗塞によって高次脳機能障害になった僕は、自力でできないことが圧倒的に増えてしまった。情緒の抑制が利かず、ことあるごとに気持ちがいっぱいいっぱいになって子どもみたいに号泣したり、パニックを起こして息も絶え絶えの悶絶状態になってしまう。お妻様を介さないと話せない相手も少なからずいる。そんな僕をお妻様は無条件に支えてくれるのだった。

僕自身、自分でもなにがどうして辛いのか理解もできず言葉にもできない状態なのに、お妻様は大前提として「辛いのだ」ということを認めたうえで、ただただ黙って僕の手を取ってさすり、背中を撫でてくれるのだ。不思議なことに、なにをしても楽にならない原因不明のパニックや不安の波は、こうして「辛いよね、辛いよね」と背中を撫でてもらうことで、ずいぶんと楽になった。お妻様によれば、自らがメンタルを病んでパニックを抱えていたときに「そうしてほしかった」「そうしてもらったら楽になった」と言うが、メンヘラでリストカッターだったかつてのお妻様に、率先してそんなことをしてあげた記憶はない。ありがたさに涙しながら、かつての僕自身の不甲斐なさを呪った。

お妻様が同じような苦しさを抱えて、本当ならそばにいて背中を撫でてほしかっただけの時期に、僕はそうしてやらず、小言や叱責を投げかけてきたのではなかったか。そんな僕に対して、なぜお妻様はこうも淡々と支えてくれるのだろう。ただただ、ありがたい。溢れる感謝と慙愧《ざんき》、そして不安を抱え、そして互いの「譲れないこと」の交換の儀を経て僕はカオスな我が家へと退院、日常復帰した。

お義母ちゃん登場

退院当日、当然ながら我が家は凄まじいことになっていた。敷地に一歩足を踏み入れると、膝丈まで茂った雑草の中を縦横無尽にバッタが跳ぶ。茶の間の掃き出し窓の横に作った花壇的なエリアでは、ダリアと桔梗《ききょう》が雑草と絡み合って満開を迎え、その中に入院直前の僕が植えたペチュニアの鉢が埋もれている。玄関に向かう小道は左右から伸び放題の紫陽花《あじさい》が迫り、柿の枝が目線まで垂れ落ちた玄関前に立ち止まれば数分でやぶ蚊の蚊柱が立ちそうだ。狸《たぬき》にイタチにアナグマなんかも出る田舎だから、雑草を茂らせておくとマダニも怖い。

退院までの50日、一日も欠かさず病院に通ってくれたお妻様に、庭に手をかける余裕はなかったのだろうし、元々お妻様は庭仕事を自発的にはやらない。でも大丈夫。病院から帰る道すがら、僕はホームセンターで高級草刈り鎌をゲッツしてきた。仕事のために設けた一時退院の日に、この庭の惨状を確認済みだったからだ。しばし待て雑草どもよ、のちに駆逐してやろう。

玄関を開けると、これまたカオスである。夏場は履くことのない靴を含め、出しっぱなしの靴がバラバラに履き捨てられた玄関に、ダバダバニャッパーと、駆け込んでくる猫3匹のお出迎え（当時はまだ3匹だった）。やあ久しぶりだな猫たちよ。だが近寄るな。汗べっとりの我が脂顔に抜け毛がつくわ。

上がり框《がまち》の先もカオスだ。梅雨明けの高温多湿の中、家の床は玄関から茶の間まで、歩けば猫の毛が舞わぬところなし。下駄箱の上にはポストの中から取ったのであろうチラシや郵便物や、公共料金の領収書もそのままで、猫のトイレ砂の粉塵にまみれている。

となれば茶の間はどれほどカオスなことになっているのだろうか……勇気を奮って茶の間に入ると、あれ？　意外や意外で床に丁寧に畳まれた衣類やタオル、台所のシンクでは洗われた食器がきちんと水切りに並んどるではないか。

茶の間と台所の片づけの犯人（ではなく、やってくれていた方）は、お義母《かあ》ちゃん、つまりお妻様の御母堂だった。

「いいよ大ちゃんは庭の草取りやっておいで。私たちは家の中やっておくから」

退院の日に付き添ってくれたお義母ちゃんだったが、僕が緊急入院してから数日と、入院中も週に一度は泊まり込みで我が家に来てお妻様を支えてくれていた。ここでお義母ちゃんについて、少し触れなければならないだろう。

*

注意欠陥、多動、そして学習障害のあった子ども時代のお妻様を「駄目な子」として叱責しつつ育て、その後にお妻様が家出とハードリストカッターの道を歩むことになった元凶であるはずのお義母ちゃんだが、僕とお妻様の結婚、そしてお妻様の脳腫瘍闘病と僕の脳梗塞発症を経て、僕にとっては命の恩人とも言える存在になっていた。

もちろん、お妻様が自分を取り戻していくのに必要なプロセスとして、僕はお妻様に「母親と対峙せよ」とけしかけ、お妻様も僕との家庭という安定した居場所を足場にして、それはそれは激しくお義母ちゃんと戦った。お義母ちゃんは、いわば究極の過干渉といったタイプで、お妻様が僕と同棲を始めてからも週に数度は電話がくるという感じの人だった。19歳でお妻様が僕の部屋に転がり込んできてからも、「辛かったらいつ帰ってきてもいいのよ」の電話が週に一度。お妻様のリストカットが激化し、徐々に沈静化していく中で、「帰りたくない家だから家出したんじゃん」と言えるようになってくると、今度は僕が少しお義母ちゃんを可哀想に思うほどお妻様はお義母ちゃんに厳しく当たるようになった。

「帰りたい家ではなかった」

「辛いのをわかってもらえなかった」

「あんたが駄目な子駄目な子言うからあたしは駄目な子になった。けどあたしは大ちゃんとちゃんとやってる」

「放っといて」

だがすごいのは、どんなにお妻様が両手を突き出して「もう嫌だ」と拒否しても、お義母ちゃんの干渉と猛烈なお節介は止まらないのだ。絶対に折れず凹《へこ》まない女、お義母ちゃん。お妻様が「うるさい！」と電話をガチャ切りしても、数分後には「さっき言い忘れたなにか」、しかもどうでもいいなにかのために、電話をかけなおしてくる。そしてその口調は微妙に70年代アイドル風！

さすがはお妻様の母親。そのパーソナリティは突出していた。そしてその干渉は、僕に対しても激しかった。例えば僕が仕事で集中しているときに、お義母ちゃんは唐突に電話をかけてきて、こんな会話になる。

「大ちゃんあのね。今大丈夫？　今イトーヨーカドーにいるんだけどね。タマネギがね。新玉でしょ？　それであれなの。どうする？」

「お義母ちゃん、なに言ってるか全然わかんねえよ」

「新玉ネットでしょ?」

「だからわかんないって。まず落ち着けお義母ちゃん」

翻訳すると、「イトーヨーカドーに行ったところ旬を迎えた新タマネギが特売ネットで売られているので、買って分けっこしましょうか?」なのだが、理路整然と話すのはとことん苦手で、日常の会話がほとんどこんな調子。主語も述語も目的語もない。

思えばお妻様とは違う形の注意障害もちで、車が行き交う狭い道でもまっすぐ歩かず車道へよろめいているし、歩道に面した店から出てくるときなども左右を見もせずにまっすぐ駆けだしてくるし、いつか車や自転車にでも轢《ひ》かれてしまわないかと見ていて気が気じゃない。遂行機能にも問題ありで、料理をすれば揚げ物が揚がってからご飯を炊き始めるタイプ。あとお腹がすくと思考停止してめちゃめちゃ短気になる。

なんだお妻様の問題はお義母ちゃんの遺伝かよとも思うが、物事の要領は悪くとも、圧倒的な多動=過活動なので、家事全般は意外にそつがない。しかも変なこだわりがあって、タオルなんか畳むのを見ていると、角がそろっていないとか畳み方のバランスが悪いといった理由で二度も三度もやり直すほどだ。

けれど、そんなちょっと困ったちゃんだけど愛らしいお義母ちゃんの激しい過干渉が、お妻様が脳腫瘍に倒れたときも、僕の脳梗塞のときも、本当に僕ら夫婦を救ってくれた。人は本当にどん底まで辛い状態に落ち込んでいると、周囲に助けてくださいと言う精神力すらも失われてしまうものだ。けれどお義母ちゃんはその圧倒的お節介力によって、一切頼んでいないことをどんどんやってくれた。例えば僕がお妻様の病院に毎日通って家に戻ってから食べる「おかず」を、わざわざ都心の職場の帰りに片道1時間半以上かけて届けてくれた。お妻様の死の恐怖に怯え、自分のことなどなんのケアもできなかった僕に、そのおかず一品がどれほどありがたく、どれほど救われたことか。僕が倒れてからも毎週末千葉の陸の孤島な我が家までやってきて、お妻様を支え続けてくれた。

なにをどう助けてほしいのか説明する気力も言葉も枯渇している状態で、適切なお礼をする思考能力すら奪われている状態で、このお節介の押し売りはなによりもありがたかった。

僕の退院後もしばらくこのお義母ちゃんのありがたいお節介の暴風雨は吹き荒れた。僕の入院中に何度か我が家に泊まってみて、主婦歴40年近いお義母ちゃんとして気づいたことは、我が家の台所や洗面所の戸棚の中が「効率的な収納でない」ことだったらしい。そして、ホームセンターや100円ショップから収納用品を買ってきては、戸棚の中をお義母ちゃんの許容レベルへと改善していくのだった。

本当にありがたい。確かに水回りの収納はずっと懸案だったところなんです。だったんですが……。お義母ちゃんの立ち働く姿を見ていて、僕はだんだんと残念な気持ちになっていった。

お義母ちゃん、そりゃ駄目だわ。それじゃお妻様が今のお妻様になっちゃった理由がよくわかる。すごい活動量でまめまめしく働くお義母ちゃんの姿は、非常に優れた「反面教師」だった。

お義母ちゃんとお妻様の組み合わせは、もう最低としか言いようがなかった。お義母ちゃんが作業しているのを知らんぷりでお妻様がスマホのゲームなどやっているのを見かねて「手伝いなよ」と僕が言う。お妻様は面倒くさそうにお義母ちゃんに歩み寄って「なにか手伝おうか」「それやるよ」。

でも、そう声をかけても、お義母ちゃんは手をとめない。お妻様は結構頑固な性格なのでお義母ちゃんの横でなにかを手に取って手伝おうとするが、お義母ちゃんはそれ以上の頑固さで「いいってば」とお妻様の手のものを奪い返そうとし、頑固者どうしで幼稚園児のような物の引っ張り合いになる。

じゃあ知らんわ！　とばかりにお妻様が別の作業をやると、その後にお義母ちゃんは「これじゃダメよ。全然ダメダメ」と言って、その作業を強制的に中断させ、ご丁寧に一からやり直す。お妻様はというと、もう完全にヤル気を失ってスマホゲームに没頭中だ。

「大ちゃん本当にごめんね。あたしがちゃんと家事教えなかったから」

大恩人であるお義母ちゃんの言葉に、返す言葉がない。いいえお義母ちゃん。それ教えなかったんじゃなくて、お妻様のヤル気を奪っただけだよね。

とてつもないスケールの反面教師が目の前にいた。顧みれば、それは僕も同じことなのだ。お妻様に「その家事はこの仕上がりではやったうちには入らない」と言い、目の前で作業を奪い取ってやり直すということを、僕は何度もしてきた。間違いない、目の前で自分以外の人間がやっているのを見て、あらためて痛感する。お妻様が家事をしない以上に、僕はお妻様から家事を奪ってきたのだ。

お義母ちゃんは恩人。最強の反面教師として、僕自身の問題に気づかせてくれたという意味でもまた、大恩人なのであった。

*

とまあ、反省ばかりの日々だが、反省したらそれを改善に活かすのが人類である。退院後、週末は足しげく我が家に通ってくれたお義母ちゃんのおかげで我が家の水回りの収納はずいぶんと整備され、表に出ているものもスッキリと減った。だが一方で、茶の間は相変わらず物が溢れているし、寝室や仕事部屋もまた物置状態だ。どうすればいいのだろう。

朝起きると、お妻様が約束通りに、寝る前に茶の間の床の物を片づけようと努力してくれた痕跡はわかる。だが、茶の間と続きの台所の合計14畳ちょっとのスペースでお妻様の専用スペースであるパソコンデスクの上やアルミラックの上にはとてつもない量の物が溢れている。

コレクションであるキーホルダー類とかキャラクターもののストラップなどは、猫の毛とほこりにまみれつつ、何十という数がラックからぶら下がっているし、購入したフィギュアやゲームの空箱なども大事そうに積みあがっている。お妻様ルールに空き箱を捨てるという選択肢はない。お妻様が寝てから僕が起きるまでの間に猫の運動会もあったりするわけで、少し雪崩を起こして床に落ちている物を、やっぱり僕は拾い上げることになる。

辛い。脳梗塞後の僕は情緒の抑制が失われていたからか、それとも注意障害で余計な物が目に入ると集中力を失ってしまうからか、病前よりも散らかった環境が極端に辛く感じるようになってしまった。朝起きて居間に行くたびに、息が詰まりそうになる。

「これをどこかにしまわないと、片づけたうちに入らないよね」

病前の僕なら確実にそう言っていたところだが、お妻様が努力した痕跡は間違いなくあるのだ。だがここで、超反面教師のお義母ちゃんのことを振り返って、僕はあることに気づいて呆然とした。

「どこかにしまわないと」って、そのどこかってどこ? 我が家の茶の間の収納スペースは、お妻様の祖母から受け継いだ桐ダンスと、仏壇スペース（物置になっている）の下の開き戸、そして押し入れと、台所のレンジ棚や食器棚の引き出し類。だが、そうした収納を片っ端から見ても、そこには僕の物がすでに収納されていて、隙間などほとんどないのだ。

確かに押し入れを開ければ、お妻様が購入した趣味の蒐集物の空き箱などが積み重なっているが、それ以上に容積をとっているのは僕の仕事関係の書籍や雑誌類。玄関に行けば確かに靴が散乱しているが、下駄箱の中には僕の使わないブーツなどがあって、散乱した靴をすべてしまえるスペースはない。寝室や仕事部屋には、膨大な量の布や裁縫道具などが積みあがっているが、やはりそれを収納できるであろう場所はすでに僕の私物が埋め尽くしているのだ。

片づけ下手の人には「使った物を片づける定位置がない」というのは、どんな片づけ本にも書かれている定説だが、これではお手上げではないか。

お妻様は物が溢れている状態をあまり苦痛に感じていない。そして、お妻様は自分で定位置を作る作業が得意ではない。加えて、片づけの定位置を作れる場所はすでに僕の物で埋め尽くされている。ダメ押しにその僕の物とは「普段使う物の定位置として片づけた」のではなく、今後の生涯で使うかどうかわからない物ばかりなのだ。そのほとんどは、あの床抜け寸前だったアパートから持ってきた物を、そのまま収納したもので、引っ越してきてから開けていない段ボール箱や、紐を解いていない資料書籍の束などもたくさんあった。

僕はお義母ちゃん同様に、お妻様から家事を奪ってきた。そしてさらにはお妻様が「家事をする前提」すら奪ってきた。そんな自分を棚に上げて、僕はなにをしてきたのだろう。大げさではなく、本当に愕然とした。これじゃ、19歳だったお妻様が家出をしてきた、独り暮らしの僕の部屋に飛び出してきた、家出当時と変わらない。

そういえばお妻様は、僕が家の中のことを相談すると「好きにすればいいじゃん、あなたの家なんだから」と返すことが多かった。あれは家のことに興味がなかったのではなく、言葉通りの意味だったのだ。間違いない、今のこの、家事をしないお妻様は、お義母ちゃんと僕との共同制作の結果なのだ。「自分のことを棚に上げる」と言うが、なんだこの摩天楼みたいな棚は……。

退院から数週間後、何度も何度もお妻様に謝りながら、ふたりで家じゅうの片づけに手をつけ始めた。我が家の憲法には、「第4条、相手の作業を奪わない」が付け加えられた。この片づけ作業も病前なら反省した挙句に自分一人でやろうとしたかもしれないが、僕の抱えた高次脳機能障害には単なる掃除や片づけであっても自力で完遂するのが困難な部分があって、すべての作業はお妻様とふたりで協力し合って行うことになった。

そしてその中で、僕は17年ともに暮らして隅々まで知っていると思っていたお妻様の、隠された様々な能力に、改めて気づいていくことになるのであった。

そんなんで泣くなよ、面白いから

あの日が大きな転機だったのだと思う。8月序盤、退院して10日ほど経ったその日の朝も、僕の一日は大掃除から始まった。

退院前から漫画原作の仕事や闘病記の元になる原稿の執筆には戻っていたが、想像以上に辛い高次脳機能障害でまともに話せるのがお妻様ぐらいという状況では、本業である取材記者の仕事に戻れるのはいつになるかわからないし、一生戻れないかもしれない。幸いにも週刊連載の漫画原作仕事は担当編集が千葉の陸の孤島な我が家まで毎週打ち合わせに来てくれると言うし、病前から書き進めていた書籍仕事もまだある。ならば自宅でやれる執筆業務をしつつ、自宅と夫婦関係の環境調整を試みようというわけだ。その手始めが、大掃除。

前日には、階段の途中の踊り場に山盛りに積み重ねられていた「2階の仕事部屋に持っていこうと思っていた本」や、寝室の押し入れに入っていた「いつか見返すはずの資料書籍」から本当に必要な本を抜粋し、残りの（ほとんどの）本を玄関前の廊下に積み上げておいた。この日の朝は、茶の間の押し入れや収納スペースの大半を占拠していた雑誌や書籍や漫画類に手をつける。ここにお妻様の私物を入れる収納を作ろう。

それにしても引っ張り出してみると、膨大なゴミ本だ。多くは取引先の編集部から送られてくる献本の雑誌だが、そのほとんどは送られてきた大型封筒から出されてもいない。資料として購入した書籍の中には、大量の付箋が貼られているにもかかわらず、その中身になにが書かれているかさっぱり思い出せないものも多い。この家に引っ越してきてから3年半、段ボール箱に入りっぱなしのものもある。

こんな不要なものでお妻様の収納場所を奪っておきながら「机の上や床に物を出しっぱな

しにするな」と小言を繰り返してきたわけだ。一冊一冊、反省を込めながら、まずは古本屋で売れそうな本と廃棄する本に分け、それぞれサイズごとに分けて段ボール箱に詰めていく。急いでやろうとするとパニックを起こしそうになるので、ゆっくり、ゆっくり。

ダバダバニャッパー！　お妻様&猫の起床。時計を見れば、もう11時58分だ。

「おはよー。よしゃー、午前中に起きれたー」

あと2分で午後だけどな。なんて余計なことは言わない。

「お茶の間の床、ちゃんとできてた？」

実はこの日の朝は、漫画本が1冊だけ床に落ちていた。約束の「寝る前に茶の間の床を片づける」をお妻様はきちんと守ってくれていたが、なにかひとつだけ、もの凄く目立つ場所にポンと出しっぱなしの物が残っていたりする。

けれど、約束を守ってくれた痕跡は明らかだ。病前の僕なら「1冊だけ漫画落ちてた」とわざわざ言っていたところだが、そんなひと言は封印。

「ちゃんとできてたよ」

「そうか。なにか手伝うか？」

「とりあえずバナナと豆乳で朝ご飯にして、あと洗濯そろそろ終わるから洗濯機の中の物を干しといて」

「らじゃりこ～（了解の意）」

今日のお妻様は起動が早そうだ。目覚めて1時間以上まともに目が開いていないようなときもあるお妻様だが、起動に要する時間はその日の体調によって別人のように違う。僕は掃除の作業に戻ろう。地元の清掃センターが持ち込みの古雑誌などのゴミを受け入れてくれるのは、午後1時半以降。それまでの間に洗濯物を干して、廃棄本をまとめて清掃センターに行き、その足で余裕があれば古本屋に売れそうな本も持ち込もう。

だが本の仕分け作業を再開し、小1時間。トイレに行こうと立ちあがると、お妻様の気配がしない。茶の間を覗くと、床に座り込んでいるお妻様が見えた。なにをしているのか見れば、猫のためのガラスの水飲みを研磨用のメラミンスポンジでピッカピッカに磨いていた。なぜ?

「ねえ、洗濯物は?」

「ごめん！　忘れてた！」

「バナナは?」

「わー、まだ」

どうやらお妻様、自らの飯を食おうと茶の間に行ったところ、猫どもに「わしらの飯が先じゃ」と催促され、猫餌を準備。その際に猫の水入れが汚れていることに気づき、磨き始めたらいつの間にかこの時間ということらしい。

台所を見れば、メラミンスポンジを使いやすいサイズに包丁で切った作業のまま、残りのスポンジと包丁一式がまな板の上に出しっぱなしになっている。病前の僕だったら苛立ちの小言モード開始の場面だが、封印。病前の俺、封印。少なくとも猫の水入れが汚れているのは僕も「そろそろなんとかしないとなー」と思っていたところだし、お妻様は寝ていたわけでもゲーム始めたりしていたわけでもない。

「じゃあ洗濯物は俺が干してくるから、お妻様はバナナと豆乳だけ終わらせといて。そのあと清掃センターに本持って行きたいから。多分夜にSさん（担当編集）から直しの指示入るから、それまでに古本屋にも行きたいんだよね」

「らじゃりこ」

＊

だがこの日、書籍ゴミを持ち込んだ清掃センターではちょっとしたトラブルがあった。以前僕らが住んでいたエリアの清掃センターでは、雑誌や書籍は段ボール箱などにまとめて入れた状態で持っていけば可燃ゴミとして受け入れてくれたが、この清掃センターではリサイクルゴミとして受けているのだという。しかも雑誌は封筒から出して、付録のCD－Rなどがあれば外し、荷造り紐で適宜まとめて出さなければならないらしいのだ。

灼熱の8月の午後、清掃センターの入り口で職員さんから説明を聞いていた僕は、たちまちパニックに陥ってしまった。早口で説明をする職員さんの言葉に、僕は「以前住んでいたところでは可燃ゴミだった。段ボール箱に入れてガムテープで封までして持ってきてしまったし、封筒に入っているものも多いので、リサイクルではなく可燃では出せないのか」と言葉を差し挟みたいのだが、職員さんの言葉は早口でしかも回りくどく、僕が話そうとタイミングをみているうちに話は終わり、さっさと事務所に戻ってしまったのだ。話の最後のほうはもう僕がパニックになってしまっていて、なにを言われたのかもわからない。

病前の僕は交渉ごとが得意なタイプで、揉め事を起こしている二者の間に仲裁役として入ることなども度々あった。そんな僕が、早口の清掃センター職員に自分の意思すら伝えられない。こうしたパニックになったときの常で、下半身から力が抜け、身体のあちこちがワナワナと震える。病前の自分とのギャップにこの世の終わりのような気分で落胆しながら、よろめく足でお妻様のいる車に戻った。

「なんだって?」

「わかんない」

「受け入れてくれないの?」

「可燃じゃなくてリサイクルで受け入れてくれるんだけど、段ボールに入れたままじゃ駄目だって。でもなに言ってるかわからなくなった。お妻様に行ってもらえば良かった。超早口でなに言ってるかわかんない、酷い人だった」

「大ちゃん落ち着いてー。深呼吸してー。てか、そんなんで泣くなよ、面白いから」

面白いから！　は心外だが、どうやら目頭に涙が浮かんでいたらしい。僕では埒《らち》が明かないので、お妻様が再び事務所に行き、詳しい説明を聞いて戻ってきた。両手にはハサミと荷造り紐を持っている。

「フツーにいい人だったよ。車を邪魔にならないとこに移動したら、ここで作業していいってさ。紐とハサミも貰ってきたよ」

森林に包まれた田舎の清掃センター、喧《かまびす》しいほどの蟬の声の中、炎天下の駐車場に車を移動させると、夫婦の共同作業が始まった。

＊

段ボール箱に詰め込まれた膨大な量の雑誌はお妻様の力では車から降ろすことができないから、僕が車から降ろす。一応退院はできたものの僕の左手の麻痺はまだ回復途上で、束ねた雑誌を紐で縛る作業は困難なので、それはお妻様の担当。僕はガムテープで閉じている段ボール箱を開き、封筒やビニール包装のままの雑誌を1冊ずつ取り出して、紐で縛りやすい厚みに重ねてお妻様に渡す担当。

黙々と作業をしながら、どんどん心の中がいっぱいになり、息苦しくなっていった。

「大ちゃん、息してる？」

「あんましてない。苦しい」

「なんで?」

「苦手」

「なにが?」

僕の心をいっぱいにしていた苛立ちの理由は、雑誌を包装しているビニールを破くことだった。紙の封筒はビリっと破けるからいいが、伸縮性のあるビニール包装は引っ張れば伸びるだけで、閉じてある部分の粘着力が強くてはがすことはできず、素材が柔らかすぎてお妻様が事務所から借りてきた安物のハサミではうまく切れないのだ。ということを震える声でお妻様に説明すると、「じゃああたしがやるよ」と引き受けてくれた。

「お妻様は苦手じゃないの?」

「なんで? 別にゆっくりやればいいじゃん」

実際お妻様の手元を見ると、決して効率よくビニール包装を開けているようには見えない。むしろ力がない分僕より時間がかかっているようだが、黙々と作業を続けている。だが、はがした包装をそのまま手元にポイッと置くものだから、そよぐ夏の午後の風にビニールが舞って飛んでいった。それを追いかけてひろい、お妻様の元に戻り、空いた段ボール箱をお妻様の横に置いて、「ビニールはこっちに入れて」と言うと「あざーす」。こういうところには気が回らないらしい。

再び作業に戻る。段ボール箱を開いて、ビニール包装の雑誌はお妻様、僕は雑誌の封筒を破いて重ねてお妻様に渡して……。下を向いて作業をしながら、僕は溢れてきそうになる涙を必死にこらえた。胸の中が、色々な気持ちでいっぱいになった。そんな気配に、お妻様も気づいたらしい。

「どうしたの？　またなにか辛いの？」

「辛いんじゃなくて、面倒くさくて死にそう。お妻様は面倒じゃないの？」

「全然」

「そうか……ごめんね」

「なぜ謝る？　ていうか泣くな大ちゃん」

また目頭が涙で一杯になっていた。実は僕は病前から、仕事においても家事においても「工夫しても効率化できない単純作業」というものが極端に苦手だった。要するに工夫は大好きだけど面倒くさがりで、家事でもそうした面倒なことは後回しにしてきた。対するお妻様は、注意散漫だし作業に対する自発性は低いが、一度単純作業に入るととんでもない長時間それを続けられるタイプだった。

反省することばかりだ。お妻様に申し訳ない気持ちと、ありがたい気持ちが胸の中に膨れ上がっていく。僕は、面倒な家事はいい加減に放棄しつつ、自分の得意な家事だけやって、家事ができるつもりになっていたのではないか。そのくせ、自発的に家事をやろうとしない、そして手際＝作業の効率化が得意ではないお妻様に「それじゃやったうちに入らない」

「そんなにゆっくりやってたらいつになったら終わるかわからない」「俺がやったほうが早い」と言い放って、家事を奪ってきたのだ。

お妻様が単純作業に強く、僕はそれが苦手。僕が作業の効率化に強く、お妻様はそれが苦手。そんなことは、お妻様とつきあい始めた頃に十分にわかっていたはずなのに、僕はそんなお妻様をずっとずっと、きちんと見てこなかった。「わたしは駄目な子要らない子〜♪」と妙な節で歌いながら会社のPCに向かって黙々と単純作業をこなしていた、まだ19歳の少女だったお妻様のことを思い出した。お妻様を「社内で最も単純作業と集中力に優れた部下」と認識していた時代のことを思い出した。

そもそも、こうしてふたりで並んで一緒になにかの作業をしたことなんて、いつぶりなんだろう。

「お妻様ありがとう。ごめんね」

それ以上なにか声を出せば、そのまま滂沱の涙が溢れそうで、押し黙って手を動かし続けた。

作業が終わる頃には、喧しかったアブラゼミの声が、ヒグラシの声に変わっていた。清掃センターの受け入れ時間ギリギリだ。達成感に汗を拭いながら、お妻様がギッチリ丁寧に縛り上げた雑誌の最後の束を、収集場所の倉庫に積み終えた。最後にあの早口で僕をパニックに陥れた職員さんに声をかけると、「大変でしたねー、お疲れさまでした」と和やかに声をかけてくれた。酷い人じゃなくて、いい人だった。

帰り道、お妻様が男前な乱暴運転をする愛車の軽ワゴンの助手席で揺られながら、ようやく涙の発作が小康状態になった僕は、大きな発見をした気分になっていた。お妻様の脳腫瘍と僕の脳梗塞を経て、お妻様がどれだけ僕を精神的に支えてきたのかは身に染みてわかった。けれども、家庭の運営面、特に僕を苦しめてきた「家事」においても、お妻様は僕を大きく支えてくれるのではないか。「使えない妻」ではなくて「妻を使うのがヘタクソな夫」だったのではないか?

まず第一に僕は、自分が苦手(面倒)だと思う家事を、片っ端からお妻様に振ってみることにした。

ようやくコンセプトが固まる

ほとんどの家事をお妻様はあまり重視していなくて、家事を必要に感じているのが圧倒的に僕である以上、やって当然だというのは価値観の押しつけ。家事のイニシアチブをとって率先して動くのは僕だ。そのうえで僕は、僕が面倒だったり苦手だと思う作業をお妻様にお願いする。ようやくコンセプトが固まり、作業を進めていった。

まずは溢れるお妻様の私物を収納する場所の確保の続きだが、部屋の収納スペースを占拠していた僕の不要物の廃棄をお妻様と協力して終わらせると、次は収納ケースや棚などを設置する作業である。

寸法を測ってメモし、ホームセンターでちょうどいい品を探すのは、僕の担当だ。注意障害を持つお妻様にとってホームセンターはワンダーランドで、もう興味を惹く物が多すぎてまず目的の商品売り場に到着できないし、しかもお妻様は頭の中で収納スペースにきっちり収まるケースなどを想像するのも苦手だから、そこはお任せできない。

「ねえ大ちゃん、これなんかよくない？」

「おしゃれだけど、奥行き30センチしかないケース買って、90センチある押し入れの奥の余ったスペースどうすんの？」

「そうか。じゃあこっちは」

「奥行き90センチの引き出しはメチャクチャ使い勝手が悪いです。絶対に奥がデッドスペースになります」

「そうか」

とまあ、一事が万事こんな感じなので、候補の商品をいくつか選ぶのが僕担当。お妻様が購入の最終決定を下す。僕がパニックを起こすレジでの会計は当然お妻様の担当で、商品を車に積み込むのが僕。

ようやく帰宅してからも、やはりすべては分担だ。買い込んできた棚やケースを梱包している段ボールや結束紐を切って開梱し、ゴミをまとめるのがお妻様の作業。そうした作業が大嫌い（イライラする）な僕は、開梱作業のスペース確保や開梱後の商品を説明書通りに組み立てる作業を担当する。ちなみにお妻様はこの「スペースの確保」が苦手で、物の上に物を置いて作業するし、説明書の読解も非常に苦手なので、組み立て中に出る小さなゴミを僕から手渡され、分別して袋にまとめる作業に専念。

「面倒じゃない？　お妻様はそういう作業イライラしない？」

「全然〜。組み立てはどう？」

「うー。脳梗塞の前はこういうの得意だったけど、なんか頭が混乱する。めちゃ大変だけど、リハビリだと思ってやる」

「そうか。頑張れ。あたし説明書読んでも意味わからんから」

まだありがとうが足りねえ

こうしてどんどん収納スペースができると、必然的に居住スペースも広く快適になり、他の家事もやりやすくなった。お妻様に「やっぱ広いほうが快適でしょ？」と言うと「いまいち差がわからん」そうだが、まあそんなものだろう。大事なのはそこじゃない。やっぱりそうだ。あの清掃センターでの発見は、気のせいじゃなかった。お妻様と僕の苦手とする作業は、面白いほどにズレている。

ならばもう遠慮は要るまい。僕は家事の中で自分の苦手とする作業を、片っ端からお妻様に振りまくることにした。

洗濯は、洗濯物を集めてきて洗濯し、干して取り込むまでが僕の担当。乾いたものを畳んでしまうのはお妻様の担当。だが、僕ならTシャツなどくるくる丸めて衣装ケースに突っ込んでいるところを、お妻様はきちんと角を合わせて畳んでくれる。やるじゃないかお妻様。

食器洗いは、実は僕が好きな仕事。田舎暮らしで水道ではなく井戸水の我が家は水道料金の心配なく水を使いまくれるし、夏は冷たい水、冬は給湯の温かさを手に感じながら次々に食器を洗うのは、快適で達成感のある作業だ。一方でお妻様は手の皮膚が弱くて水仕事をするとすぐに主婦湿疹ができて妙な液体が皮膚から滲み出してくるし、天然ゴムやラテックスもアレルギー反応があるので、水仕事用の手袋も使えない。そこでお妻様の担当は、洗い終わったものを食器棚に片づける作業。水分が残っていれば拭くという、僕にとっては耐えられない面倒な作業も込みだ。

こうして僕自身が苦手なことを洗い出していく過程で気づいたのは、実は僕は「合理主義の面倒くさがり屋」なのだということだ。洗濯にせよ食器洗いにせよ、僕は手順を合理化しながら作業を進めていくのは好きだが、小さなものを片づけるといった合理化し辛い作業はとことん嫌い。

その結果僕は「洗い終わった食器が置いてあるところから次に使う食器を取っても良いじゃん派」「その洗い終わった物が目に見えないところにあれば片づいていると見なす派」で、だからこそ収納スペースの中など目に見えない部分はめちゃくちゃ雑然としている。だが、この僕が面倒だ面倒だとストレスを溜めながらやっていた丁寧な片づけ作業が、お妻様には全くもって苦痛ではないという。そういえばお妻様の物の置き場もない化粧台。引き出しを開けて見れば、中は化粧瓶が用途・サイズ別にきちっと並べてある。「とりあえず突っ込んどけ」な僕の文机《ふづくえ》とはえらい違いだ。やっぱりやるじゃないか、お妻様。

それにしても、皿をじゃんじゃん洗って、面倒な片づけをガンガンお妻様に振っていく流れ作業は、爽快だ。と、洗って水切りを終えた食器を置くダイニングテーブルを見ると、ど真ん中に大皿がドンと置いてある。

「あれ、お妻様。この大皿しまい忘れてない？　汚れ残ってた？」

「ゴメン。大皿しまってあるところ、あたしの背丈じゃ手が届かなくて、後で頼もうと思ってたら忘れてた」

これまた反省である。早速お妻様の身長でも作業がしやすいように、重く大きな皿は食器棚の下段、使わない食器は上段に入れ替えたところ、大皿片づけ忘れのミスはなくなった。共同作業をしていくうえで、似たような「お妻様にはやり辛い配置」は家のそこかしこにあって、僕のための環境調整はお妻様のための環境調整にもなっていった。

夏の午前中に庭の雑草を抜くのは僕の担当、昼過ぎに起きてくるお妻様の担当は、僕が抜いて所々に集めてほったらかしてある雑草の山を、堆肥スペースに持っていく作業だ。ちなみにお妻様に雑草を抜かせると、「てきとーにやる」ということができないお妻様は細かい雑草の芽まで除草剤を撒いたごとく駆逐し尽くし、しかも視界に入る昆虫をすべて観察してしまうために、同じ面積を作業するのに僕の5倍は時間がかかる。

トイレの便器を磨くのが僕の仕事なのは、そもそもお妻様は便器の汚れに「気づかない」し、一度磨き始めると妥協のポイントがないから。一方でお妻様は洗浄剤の交換や買い置きのトイレットペーパーの補充などには僕より気が回るので、お妻様の担当として一任する(その洗浄剤の空容器がトイレに置きっぱなしなのを捨てるのは僕担当)。僕が日々の買い物のリストをメモに書き、お妻様に買い物に行ってもらうなどということも増えたが、これも病前では信じられないほどの大きな進歩だ。

病前では日用品の買い出しは基本的に僕が独りで行くかふたりで行くかで、お妻様独りで行ってもらうことはなかった。お妻様にとってこうした独りのお使いは結構楽しいらしく、メモをしたものの中に買い忘れがあったり、いくつかある商品の中からひとつを選べずに電話確認があったり、頼んでいない物が入っていたりはするものの、小さな買い物に膨大な時間をかけてニコニコして帰ってくるのだった。

一事が万事、こうして分担をしてふたりで家事を完了させていると、必然的にお妻様と並んでいる時間も、話している時間も、お妻様を見ている時間も増えてくる。お妻様にありがとうの言葉を言う機会も増えた。そうした日々でなにより驚いたのは、お妻様が家事の手伝いに極めて協力的だということだった。

反省ばかりの闘病生活だったが、改めて猛省。病前の僕は、明らかに「ありがとうの質」が悪かった。お妻様に家事を頼んでおいて、そしてそれがきちんと行われていたとしても、内心には「家事はやるのが当たり前で、できて当たり前」という考えがあるものだから、お妻様の顔も見ずにおざなりなありがとうを言ってきた。

けれど、僕が面倒だと思うことを片っ端からお願いして、それをやってもらって僕の家事が楽になって、これは本心から感謝だ。その気持ちを込めて、きちんとお妻様の顔を見てありがとうと言うと、お妻様は「次はなにすればいいの」とばかりに、新たな僕の依頼を待っている。

依頼が途絶えてその場を離れるときも「手伝うことないなら○○してきていい〜?」とわざわざ聞いてくるようになった。指示を待っているときのお妻様に犬の尻尾がついていたら、多分ちぎれんばかりに振られているように思えた。

子どもの頃からなにをやっても駄目な子とレッテルを貼られ続け、家族からも、そして僕からも、やろうとする作業を奪われ、やった作業を否定され続けて、ついには「なにもやるもんかバーカ」なモードに入ってしまっていたお妻様。そんな彼女にとって、僕との共同家事は、初めての肯定体験だったのかもしれない。お妻様が家事やってて楽しそうだなんて、そんな姿を見る日が来るとは思わなかった。

ということでご本人に聞いてみた。

「お妻様、実際そこんとこどうなんですか？」

「まだありがとうが足りねえ。もっと毎日ありがとうと言え」

可愛くねえ奴だな。ありがとう。

「なぜできないのか」が見えてきた

なおふたり並んでの共同作業を経ての最大の収穫は、お妻様の「苦手なこと」のリアルを僕が知れたことだと思う。

例えばお妻様は複数のことを同時にお願いされると、まず確実にひとつは忘れてしまう。例えば朝（昼）起きてきたお妻様に「ちょっと車の中から置きっぱなしになってる帽子取ってきて、ついでにポストの中のもの取ってきて」とお願いすれば、まず帽子だけ持って堂々と戻ってくる。一緒に買い物に行ったときに口頭で「チーズ取ってきて。あとお好み焼きソースも」などとお願いすると、やたら時間をかけた挙句にチーズと駄菓子を1袋（お妻様がほしいもの）を誇らしげに持ってくる。

「お好みソースはどこにいった？」

「あー忘れたわ」

だがなにより驚いたのは、お妻様が意識して注意を払っても、そうしたミスがなくならないということだった。

例えばお妻様担当である洗い終わった食器を食器棚に片づける作業では、小鉢がひとつとか箸が1本とか片づけ忘れていることが多い。大皿片づけ忘れ事件のときは片づける場所を僕が考えていなかったことが問題だったが、小鉢や箸の収納に問題はないのにもかかわらずである。

何度かこうしたミスが重なるのを本人も自覚して、片づけが終わった後に「大ちゃんチェックよろしくー」とお妻様のほうから確認を求めてくるようになった。ところがそう呼ばれて見に行くと、テーブルの上に茶碗がドンと片づけ忘れているではないか!?

「お妻様、このお茶碗って片し忘れてない？」

「あー、見えてなかった」

ど真ん中にあるのに？　見えないの？　お妻様は真顔だ。冗談でも嫌がらせでもない。お妻様は本気で全部の食器を片づけたつもりで僕をチェックのために呼んで、それでもなおかつ片づけ忘れた茶碗の存在に気づかないのだ。

だが待てよ？　あれ？　これは脳梗塞発症直後の僕に頻発していた症状だ。脳梗塞後の僕には、自分の視界左側にあるものに対する注意力が欠損する「左半側空間無視」という、高次脳機能障害の中でも比較的ポピュラーな障害が残った。これは病後3ヵ月ほどでかなり改善し、5ヵ月も経った頃にはほとんど残っていなかった障害だが、この障害を抱えていたときの僕は、左側の「目に見えているものに気づかない」ということがよくあった。視力が落ちているわけではない。注意力が欠損している状態とは、左側だけコマ落としの映像で見えているような感覚で、よくよく注意してみるとパッと物が突然現れたように存在に気づく。それは自分のことながら、ちょっとホラーな世界観だった。

お妻様にも、生まれつきの注意障害がある。だとすればお妻様の見ている世界とは、あのホラーっぽいコマ落としの世界なのだろうか？

なぜふたつ頼まれたことのひとつしかできないのか。なぜメモ通りの買い物ができないのか。回復していく高次脳機能障害者として、障害がきつかった時期の自分とお妻様のできないことを重ねて考えるうちに、次々とお妻様の「なぜできないのか」が見えてきた。

「ようやくあたしの気持ちがわかったか」

お妻様の言葉が、本当にようやく、徐々に強いリアリティを持って、僕の中に沁み渡ってきた。

ネオお妻様の誕生

「ようやくお妻様の気持ちがわかったよ!」

夫婦共同で家事を行っていく試行錯誤は、大人の発達障害さんであるお妻様を理解する旅であり、高次脳機能障害を抱えた自分への自己観察でもあった。脳梗塞後の僕に残った主な障害は、注意障害、遂行機能障害、作業記憶の低下、そして情緒障害。言うまでもなく、それは障害名そのものがお妻様が子どもの頃から抱えてきた不自由と大きくオーバーラップする。

ならば、僕自身がそれぞれの障害で「できなくなってしまったこと」を考察し、なぜできなくなってしまったのかを考え、だったら「どうすればできるようになるのか」をお妻様に転用すれば、お妻様もそれまでできなかったことがやれるようになるはず。ネオお妻様の誕生だ! そして、こうした試みは同時に、僕自身が自分に残存した障害を受容し、その不自由感や苦しさを緩和するための大きな手助けともなった。

例えば注意障害について。もちろん病前から取材活動の中で発達障害についての書籍を多く読んだり研究者や当事者の取材などもあったから、普遍的な症例である注意障害についての事前知識はたっぷりあったと思う。けれどある程度定形発達だった(はずの)僕自身がいきなりその当事者の立場にぶち込まれてみると、想像と実際はかなり異なっていた。

注意障害になった僕が第一にとにかく困ったのは、探し物が見つからないことだ。財布、鍵、筆記用具や台所用品など。一日の中で探し物に費やす時間があまりに多すぎて、様々な物の定位置を改めて作り、部屋の各所に小物置きなどを増設することで対策した。けれども大事なのは、その探し物が見つかったときの感覚である。

それは、じっと見続けていると意味のある絵柄が見えてくる「隠し絵」「騙し絵」を彷彿《ほうふつ》させる感覚だった。物を探そうとして必死に集中して机などを見てもお目当ての物は見つからないのに、逆にちょっと脇に目を逸らしたり、逸らした目を元見ていた場所に戻した瞬間などに、探し続けたはずのその場所に、なかったはずの探し物が忽然《こつぜん》と視界に現れるのだ。あまりにふっと現れるものだから思わずドキッとするほどだが、一度気づいてしまえば、その物はそこにあり続ける。まさに隠し絵の感覚だが、この「必死に見ても見つからない物が、ふっと現れる」という実体験を一日に何度も繰り返したことは、根元的な理解を僕に与えてくれた。

人は視野に入る物すべてが見えているわけではなく、そこに物があると認識して初めて「見えている」なのだということが、身をもって理解できた。その感覚を当てはめると、改めて出会った頃からのお妻様の困った行動にも説明がつく。例えばなぜお妻様は、何度注意しても中身の入った飲み物のコップやハサミなどの刃物を、床の上に置きっぱなしにしてしまうのか。そしてなぜ彼女は、物が置いてある上に平気で座ってしまうのか。物の上に物を重ねて置いて、下の物が見つからなくて大騒ぎするのか。

あれは、その物が「視界に入っているけれども認識されていない」からなのだ。僕が「お妻様、お尻の下になにかない？」「床に置いたら駄目なもんが置いてない？」と僕が指摘した時点で、その物がお妻様の視界に「ふっと現れている」のだ。

同様に推論を膨らませると、僕の抱えた注意障害のもうひとつの症状である「凝視」もまたお妻様の抱えた問題だと気づいた。注意障害と言えば通常は「不注意」を想像するだろうが、一度視野に入った物や人の顔などをジッと見続けてしまい、自力でその注意を引きはがせずに本来やるべきことができなくなってしまうという症状も注意障害のひとつだ。脳梗塞直後の僕の場合は、通りすがりの人と目が合うと、そこで注意がロックしてしまい、相手が視界から消えるまで相手の目を凝視し続けてしまうという症状が残った。本来注意すべきは歩行する前方なのに、すべきでない物に注意がロックして自力では解除できないという経験はショッキングで不気味で、「不審者になってしまった」と辛い思いをしたものだが、これもお妻様の日常生活の行動に置き換えられる。

それは、なにかをしようとしているときに餌を求めて鳴く猫の声。家の中の移動中に天井で動くもっくん（クモ）。もう寝なければならない時間に就寝前の片づけをするお妻様の前で、つけっぱなしのテレビから流れだす番組のオープニング曲だ。

こうした刺激によって、ことごとくお妻様の注意は本来注意をすべき物から外れ、刺激のほうにロックし、意識して注意を引きはがすことができないのだろう。本来見るべき物、やるべきことが、お妻様の中から飛んでいく。お妻様の中ではあっという間に時間が経ち、約束の時間や就寝時間なども守れない。

そう考えると、お妻様の作り出すカオス部屋にも、その理由が見えてくる。あれはおそらく、たくさんの注意を引く物が溢れかえっていて、「そのどれもが実は見えて（認識できて）いない」という状況なのかもしれない。退院後の僕の場合はまず「片づけねばならない」が前提にあったから、部屋に溢れかえる物のすべてに注意や不快感がロックし、どうすればよいのかわからなくなってパニックを起こしてしまった。

だがお妻様の場合は、一定以上に目に入る物が増えた段階ですべてを認識しなくなってしまい、加速度的にカオスが進むのだ。机の上の飲み物を飲んだコップをひとつ片づけ忘れていると、同じ机に次々に同じような飲み終わったコップが増えてもすべて認識されないという状況なのだ。

＊

となれば、どんな対策が考えられるだろう？　例えばお妻様の食器の片づけ忘れの対策は、食器を棚に片づける前の仮置き場となるダイニングテーブルの上に、本だとか調味料だとか、本来注意すべき物以外に注意を引く物を残しておかず、最大限物のない状態にしておくことはどうか。実際にやってみると、見事なまでにお妻様の片づけ忘れは減った。だがその一方で、意外にもテーブルの上に置きっぱなしになっている物は僕の物も多いことに気づいた。

僕の場合はテーブルの上に出しっぱなしの物がきちんと揃えて置かれていれば、例えば本だったら下から大小の順である程度重ねられている状態であれば「片づいている」とみなしていたが、お妻様にとってはそれらすべての物が、置かれているだけで本来集中しなければならない「片づける食器」の妨げなのだ。再び反省である。

また僕の場合、探し物をする際に時間に追われていると、発見までの時間が顕著に長くなった。焦れば焦るほど、本当に目の前にドンと存在している探し物に気づかないのだ。そうやって焦りまくって探し物をしているタイミングで宅配便の来訪を告げるドアチャイムがなった日には、どうすればいいのかわからず完全にパニックに陥って、トイレの中に逃げて居留守を使ったことすらあった。急いでいたり入ってくる情報量が増えるほどに注意障害は悪化するという教訓だ。ならば、お妻様になにかを頼む際にも、時間の制限はもうけず、作業が終わるまで声をかけなければいい。

なんだ、視界に入る物を減らすことや、時間制限をつけて焦らせないなんてことは、発達障害の子どもの支援本には必ず書かれていることじゃないか。けれどあの物が「ふっと現れる」感覚や、焦ると思考がとまってなにも考えられなくなってしまう辛い感覚は、自身がそうなってみて初めて「どうにもならないものなのだ」と理解した。

知識として知っていることと、本質的に理解していることの差を痛感しながら、考察と対策を深めていった。僕自身が抱えることになった障害と不自由さのほとんどが、お妻様の理解と家庭の改善作業へと、ダイナミックに展開していった。

わかるわかるわかる。それめっちゃわかる！

ちなみに病後の僕が苦しんだ不自由の中で、お妻様から最も強い「共感」を呼んだのが、ケアレスミスの多発だ。この問題は仕事や社会への復帰度が深まるほどに頻発し、今も継続しているが、病後の僕は本当に自分でも信じられないような些細なミスを連発した。

例えば病後の僕は、取引先から打ち合わせ予定の連絡を受けて、それをタブレットPCのカレンダーアプリに書き込む際に、土曜と日曜を間違えたり、ゴッソリ1週間間違えて書き込むというミスを何度も繰り返した。また、手元の書類に書かれた電話番号を見ながら携帯に番号を打ち込んで通話をすれば、まあ半分以上の確率で間違い電話をやらかすし、口頭でふたつの依頼を同時に受けてその場でメモを取ったつもりが、ひとつしか書かれていないということも頻発した。

その都度真っ青になって取引先や迷惑をかけた相手に謝罪する日々。ちなみにこれは「作業記憶の低下」という症状で、耳や目から入った情報を短期的に脳に留めておく力（把持力《はじ》という）が弱くなっていることが原因。予定を聞いて、カレンダーに書くまでの一瞬で聞いた日付の記憶を失ってしまう。手元で見た電話番号も、携帯電話に打ち込む間に忘れてしまう。口頭で言われたこともメモを取る前にふたつのうちひとつを忘れてしまっていたというわけだ。

当初は本当に自分でも意味がわからず、自分自身をすべて疑いたくなるような体験だったが、そんな日々のミスに落ち込んでいる僕に、お妻様は大興奮。

「わかるわかるわかるわかる。それめっちゃわかる！」

「お妻様、わかる多すぎ」

「だって、あたし子どもの頃からずっとそうだったよ？　学校で先生が、あれやれこれやれって連続で言うじゃん？　そうすると、初めにやれって言われたことの内容考えてるうちに次のこと言われてて、ふたつ目に言われたこと考えてるうちに、ひとつ目なんだっけってなって、そうしてるうちにもうみっつ目言われてるんだよ。そうなるともう、頭の中がこんがらがって、先生がなに言ってるか意味わからなくなるじゃん。焦ると背中に汗かいて……」

焦ると背中に汗をかいて、普通の日本語を話しているはずの相手の言葉が宇宙人語を話されているように理解できなくなり、相手が単に口を動かしているとしか認識できなくなる。

僕と同じだ。今度は僕がお妻様に「めっちゃわかる」を連発する番だった。

また、作業記憶の低下も絡んでいるのだろうが、病後の僕には複雑な作業をする際にどこから手をつけるか、作業の手順を組み立てることが苦手になる遂行機能障害もあった。苦手ではなかったはずのバイクの整備も、タイヤ交換みたいな身体が覚えるほどやり慣れていた作業はできるのだが、電装品の交換や故障箇所の特定といった滅多にやらない作業をやろうとすると、混乱して立ち尽くすことになる。それどころか、絡まったヘッドフォンのケーブルを直すといった作業すら、パニックを伴って完遂できなくなってしまった。

作業とは、まず観察し、観察したものを記憶したうえで、その後の段取りを立て、実行に移すということの繰り返しだ。ところが観察した先から今観察した内容を忘れてしまい、頭の中で順序を考えても直前の思考も忘却していくのでは、とても複雑な作業は完遂できない。これが遂行機能障害の正体だが、まさにお妻様にとっても段取り事は鬼門中の鬼門である。

作業記憶の低さは、発達障害の顕著な特徴のひとつでもある。では今後、お妻様に家事の指示を出すときに、どうすればいいだろう。自身が当事者になってみれば、改善策も容易に考えついた。

結局「頼んだほうが早い」

ぺ〜れ〜れ〜れれれ〜♪　雨の午後に、我が家の洗濯機の置かれた脱衣所から電子音のメロディが聞こえる。洗濯乾燥機の乾燥が終了したお知らせだ。

乾いた洗濯物を片づけるのはお妻様担当。茶の間を見れば、お妻様は猫を膝に乗せてテレビの前だ。テレビに集中しているから、洗濯機の終了メロディは聞こえていない模様。じゃあ指示を出そう。

「お妻様ー、テレビストップ。ゲームストップ。ちょっとお願い〜」

「はいなー」

近くに呼び寄せて、まず待機状態にする。ここでテレビの前にいるお妻様にいきなり「洗濯物終わったよー」と言うのは駄目。テレビ視聴中やゲーム中のお妻様にいきなりそんな指示を出しても、「テレビのきりがいいところまで」だとか、「ゲームのセーブ作業」といったほんの一瞬の間に、頼まれた作業の内容を忘れる可能性があるからだ。お妻様がなにか作業中の場合は、まずこうしてやっている作業を中断してもらい、近くに呼んでから、改めて具体的かつ端的な指示を出す。

なお、注意のロックがあるお妻様は一度始めた作業を中断するのがとても苦手なので、ここで多少待つのは仕方ないが、意外にも家事依頼を受けた際は頑張って作業を中断してくれる。基本的に、生真面目な性格なのだ。バタバタにゃー。

「ゲームやめたよ」

「ありがとう」

もちろん呼び寄せたあとに「洗濯物片づけて」でも、ノーグッドだ。指示は第一が「脱衣所の洗濯機の中から乾燥終わった洗濯物を持ってきて」、持ってきてくれたら「畳んで」、それが終わるのを待って「定位置に片づけて」だ。洗濯物を片づけるという作業はこの「持ってきて畳んで片づける」のみっつの作業の集合体で、遂行機能障害とはその組み立てができなくなるということだ。

さすがにこんな毎日の作業で手順も糞もなかろう、と思うのが、非当事者の傲慢《ごうまん》。きちんと指示を出さないと、お妻様は洗濯物を茶の間に持ってきて猫の相手に戻ってしまったり、畳んだ洗濯物を茶の間のど真ん中に積み上げたままテレビの前に戻ってしまったりする（これは9割の確率でやらかす）。

算数で習う約分のように、徹底的に割り切れなくなるまで作業を小さく分断して、その順序通りに、ひとつの作業が終わったら次の作業という風に、的確な指示を出す。作業中に次の作業や別の頼み事は、決して言ってはならない。これが鉄則だ。

病前の僕なら、いちいち指示を出すのが面倒くさいし、自分でやったほうが早いと判断していただろう。けれど一度このルーチンに慣れると、僕は指示を出すだけでお妻様の作業中に別のことができるから、お妻様がどれだけ作業に時間をかけたとしても、結果として日々の家事は捗っていることに気づいた。これまでの人生、ずっと「僕がやったほうが早い」と偉そうに言い続けてきたが、一日の家事総体で見ると、結局「頼んだほうが早い」のだ。

そして、こうした工夫をする中で、お妻様から学んだこともあった。それが「障害の受容」だ。

いちいち凹んでたら、死んじゃうよ？

ある日僕は、食材のまとめ買いをお妻様に頼む際に、買い物メモにひと工夫加えてみた。お妻様が行く食料品店の中の配置を考えて、野菜は野菜、肉類は肉類、乾物や調味料といった順で、店内で売られている場所の順にまとめてメモを書いてみたのだ。さらに赤ペンと一緒にメモを渡した。ひとつ商品をカゴに入れたら、線を引いて品目を消していけば、買い忘れはなくなるだろう。

「いってきまーす」

「気をつけてな」

「ただいまー」

「お帰り」

早速買い物袋を開けて、お妻様との共同作業開始。冷蔵品や乾物などをしまうのは僕の作業で、お妻様の担当は冷凍する肉類などを使いやすい量に計量して（例えば合挽肉なら80グラムとか）ラップする作業や、買い物袋を丁寧に畳んでしまう作業。だが……。

「お妻様、豚こま肉は？」

「え？　ない？」

ないですよ。持ち帰ったメモを見せてもらうと、なぜか買い忘れられているはずの豚こまがしっかり赤線で消されている。一体お妻様になにが起こったというのか‼

スーパーマーケットでのお妻様の行動を脳内に想起した。肉コーナーを歩くお妻様は豚こまを商品棚に発見。メモを出して赤線チェックを入れ、改めてどの産地でどのサイズのパックにするかを選びだした。だがその際、他の商品に注意を奪われたか、無駄にデカい音の店内アナウンスでも流れた瞬間、豚こまを買うことを忘れたのだろう。

あーわかるわかる。あのスーパーうるさいもんなあ。デカい音が鳴ると、なに探してたかわからなくなるもんなあ……。

今ならわかる。病後の僕なら同じことをやる可能性があった。対策は、赤線を引くのを「商品をかごに入れたあと」と習慣づければいいが、そんなことを僕が考えている間に、お妻様は玄関に向かっていた。

「ごめーん。もういっぺん行ってくる♪」

「いいよ。また今度買ってきてよ」

「えー？　……大ちゃんキモい」

いきなり失礼な奴だな。なんで？

「怒らないのキモい。病気の前ならあたし、ちょー怒られてた」

「そうか……だよね。ごめんね。っていうか、お妻様は、凹まないの？」

「なんで？」

なんでじゃなかろう？　丁寧なメモを持って出かけて、赤ペンでチェックまで入れて、それでも買い忘れをしてしまう。その理由はわかる。けれど病後の僕は仕事の上で同じようなミスを何度も重ねて、その都度「俺はなんて使えない奴なんだろう」と落ち込みまくっていた。同じようにお妻様は凹まないのだろうか。問いかけられたお妻様は、いつも通り飄々《ひょうひょう》としたものだ。

「全然凹まないよ？」

「マジでか……」

「だってあたしは、子どもの頃からずっとそうなんだもん。そんなんでいちいち凹んでたら、死んじゃうよ。大ちゃんだってそうだよ。ちっさいことでいちいち落ち込むなよ。それが障害なんだから、しょうがないじゃん。大ちゃんは病気のあとも、わたしに比べたらやれることいっぱいあるじゃん」

「マジでか………」

胸が熱く、そして痛くなった。

いや、今でこそ飄々としているお妻様よ。僕はその「いちいち凹んでた」時期の君を知っているよ。その手首に残る大量の傷跡が、生まれ育った家の家族にも配偶者である僕にも自分の障害を理解してもらえず責め続けられたお妻様が、その都度凹んで「わたしは駄目な子」と自分自身を責めた過去の証拠だ。

やれないことはやれない、しょうがない。いちいち落ち込んでいたら、逆にやれることまでやれなくなってしまう。目の前に、痛みを乗り越えて自身の障害を受容した大先輩がいた。

今日はザワチンなの？

高次脳機能障害を支えてもらいながら、自身の障害をベースに大人の発達障害なお妻様を理解し、家庭の改革をしてゆく。二人三脚の試行錯誤を繰り返すうちにも、僕自身の障害は徐々に徐々に、本当にゆっくりと緩和・解消していくことになった。

だがここで自分でも呆れるのが、せっかく自身が当事者としての辛さを味わうことで、お妻様をはじめとする「不自由な人たち」の気持ちを本質的に理解できるようになったはずなのに、自身の障害が緩和されるに従って、その不自由の記憶や当事者感覚が驚くほどのスピードで失われることだ。

それまでの社会的弱者への取材と執筆活動の中でも、「可視化されない苦しさに対する想像力の欠如こそが解消されぬ格差社会の元凶‼」などと暑苦しく主張してきたはずの僕が、ほんの少し前まで自分を苦しめていた痛みの感覚を忘れてしまう。当事者感覚とは、かくも脆弱《ぜいじゃく》なものなのだと思い知った。

脳梗塞と高次脳機能障害の体験は本当に辛いものだったけど、贅沢にもお妻様の全面的支援を受けることができた僕は、本音で脳梗塞になれて良かったと思い、病前のパーソナリティに戻りたくないと思った。「喉元過ぎれば熱さを忘れる」というが、僕は喉元過ぎても「熱さを忘れない」誓いを、強く自分に課すことにした。

大丈夫か？　自身の障害が緩和されてお妻様の気持ちが再びわからなくなってはいないか？　そう自らに問い続ける日々。けれど一方で、自身の障害がある程度緩和したあとになって、ようやく気づいたお妻様の苦しさというものもあった。

それは脳梗塞発症から1年半以上が経過した春の土曜。僕とお妻様は、ちょっとしたことがキッカケで久しぶりの喧嘩をした。馴れ初めの頃からお妻様にはたまに相手の立場に立ってものを考えるのが苦手なところがあって、そのときの喧嘩の種がまさにそれだった。

「お妻様、来月〇日の日曜日、KさんTさんと一緒に、食事に行くよ？」

「え、その日ってRさんたちと会う予定じゃなかった？　なんでRさんたちのこと優先しないの？」

「でも今はKさん優先でしょ」

「Rさんも大事じゃん」

このやり取りだけで、僕は激昂してしまった。なぜなら実はKさんは余命宣告を受けている末期がん患者で、そのことはお妻様も知っているはず。多忙なTさんと末期がんのKさんと一緒に食事をする機会は、ここを逃せばもう訪れないかもしれないのだ。Rさんたちも大事な友人だが、どう考えても優先順位はKさん。なぜその気持ちをわかってくれないのだろう。感情が溢れた。

「もういいよ」

「でもRさんたちも大事じゃん」

「だから、もういいよ！　Kさん来年の今頃は生きてないかもしれないんだよ。わかってくれないなら、もういい」

そう言い放って、僕はお妻様の顔も見ずに立ち上がり、憂さ晴らしに台所仕事など始めてしまったのだった。ここまで突き放した態度を取ってしまったのは、病後初めてかもしれないが、余命限られたKさんとの会合の貴重さを理解してくれないお妻様に対する苛立ちが勝ってしまった。お妻様はというと、茶の間のドアをバタンと閉めて、寝室へ直行。バタバタとお妻様について寝室へ上がっていく猫たち。

ちなみにお妻様の名誉のために言うと、彼女は人の気持ちがわからないわけではないし、結構どうでも良いような古い映画でボロボロ泣いたりもしている情のある人だ。ただ単に、会話のやり取りで少し思慮の浅い衝動的な発言をしてしまいがちなところがあって、それもひとつの障害なのだと思う。とはいえこの日は、わかってはいても僕が腹を立ててしまった。

1時間経過。天気の良い土曜の午後。台所仕事をスッキリ終えて、お妻様に怒ったこともすっかり忘れて、僕は茶の間でネットの音楽動画観賞など始めてしまう。けれどお妻様は寝室から降りてこない。

2時間経過。そろそろお妻様が降りてこないと、せっかくの晴れて予定のない土曜日にお出かけもできない。

3時間経過、窓の外はそろそろ西日。考えてみたらお妻様が起きてくるなり喧嘩になったものだから、お妻様はなにも食べずに寝室に戻ったままだ。けれど、僕のほうから謝りに行く気分にもなれない。

4時間経過、そろそろ陽が沈む。2階の寝室に行くと、ベッドの中で布団にくるまってスマホをいじるお妻様と、猫たちがいた。

「ねえ、ご飯食べないと具合悪くなるよ」

「要らない」

「今からでもどっか出かけようか」

「いい……放っといて」

聞こえるか聞こえないかの声でぶっきらぼうに返答するお妻様に、思わず溜息が漏れる。

「ねえ、俺がなんで怒ったかわかるよね。俺にとってKさんがどれほど大切な人かも知ってるよね。俺怒っても仕方ないよね」

「………」

またか……。苛立たしく思いながら、猫たちと一緒に茶の間に降りて、猫ご飯をあげる。またこのパターンだ。お妻様と一緒に暮らして18年、どう考えてもお妻様のほうが悪いことで僕が怒って喧嘩になり、僕が喧嘩をやめたくてもお妻様のほうがこうして機嫌を損ねたままの「ロング逆ギレターン」に入ってしまうことは、何度もあった。つきあい始めたばかりの頃などは、それが理由で別れようと思ったことさえある。

なんてしつこい性格なんだろう。でも、どう考えても僕は悪くない。それまで、こうして逆ギレするお妻様に最終的に僕が折れて謝るといったことも繰り返してきたが、そうでもしない限りお妻様は翌日もその翌日も、数日単位で機嫌を損ねたままなのだ。

食事もほとんど絶食みたいになり、胃痛が始まってその後1週間ぐらいずっと体調が悪いというのが、こうした喧嘩の後味悪い結末の定番だった。

けれども、けれども、やっぱり僕だって納得がいかない。結局その夜、お妻様がトイレかなにかで茶の間に降りてきたタイミングで僕が入れ違いに寝室に入り、和解することなく翌日を迎えた。そして翌日昼になっても、お妻様は寝室から降りてこなかった。その日も晴れ上がった空の日曜日だった。

*

ふたりが険悪になってからおよそ24時間。お妻様のいない静かな日曜日の茶の間で、僕はふとあることに思い至って、心臓がぎゅっと締めつけられるようになった。脳梗塞後、僕を苦しめた後遺障害のひとつに「マイナス感情への拘泥《こうでい》」というものがあった。

元々の僕は、自分にとって不快なことは積極的に考えないようにすることができたし、簡単に忘れることができる人間だった。ところが脳梗塞後の僕は、まったく逆。嫌いな人のことや、嫌な思いをした記憶を頭の中からぬぐい去ることができず、食事をしていても散歩をしていても、気づくとそのマイナスのことばかりを考えてしまうのだ。しかもその嫌な出来事が数ヵ月前のものであっても、ずっと頭をぐるぐる回り、ふとした拍子で思い出すと心が鉛のように重くなる。

この症状は、僕以外の高次脳機能障害の当事者が書いた複数の手記などでも確認することができたものだから、後遺障害としてはある程度普遍的なものだとは思う。ところが一方で、高次脳機能障害について専門性の高い医師の書いた書籍などを読んでも、この症例は「社会的行動障害のひとつ」という風に言及されてはいるものの、原因の考察にまで突っ込んだ記述は見られなかった。

当事者からすれば、これは情緒の抑制障害と注意障害の合わさったものだと容易に推論できる症状だ。そもそも喜怒哀楽の抑制がきき辛くなっていること（脱抑制）と、一度注意を向けたものに注意がロックしてしまって、自力ではその注意を引きはがせない症状の合わせ技だ。専門の医師たちがこのことに推論も言及もしていないことが非常に残念に思われたのは、そのマイナス感情に拘泥している状態の当事者（僕）は、それまでの人生で経験したことがないほどに苦しさを覚えていたから。この症状が究明もされず手当もされていないことが、なにより残念だった。

ともあれ能天気だったはずの僕は、不愉快や苛立ちといったマイナスの気持ちを切り替えできないことの辛さを、病気になって初めて知ることになったのだ。未体験だけに、それは舐めたことのない辛酸だった。

感情を聴覚に置き換えれば、耳元で黒板を爪で引っ掻く音を延々聞かされ続けて、耳を塞ぐこともその場を立ち去ることもできない状態。嗅覚に置き換えれば、狭く暗く不潔な便所に閉じ込められて中で縛られて身動き取れないような状態。

これまで僕自身が苦しんでいる人に投げかけた「それは気の持ちようだよ」「いっぺん考えることをやめてみたらどうか」といった言葉の無神経さと残酷さを思い知り、過去の自分を呪った。気の持ちようと言うが、その気の持ちようがわからないのだ。自分で自分をコントロールできないことって、こんなにも苦しいのだ。

僕の場合、幸いなことに、この障害は徐々に時間をかけて解消してくれた。いやだが待てよ。お妻様はどうなのだろう。お妻様には注意のロックもあれば、情緒の抑制が少し苦手なところもある。だとしたら、昨日から寝室にこもってハンスト状態のお妻様は、あの病後の僕と同じように、気持ちをコントロールできない塗炭の苦しみの中にいるんじゃないのか。

推論というよりは強い確信に、胸が絞り上げられるようなショックを受けた。間違いない、お妻様は今、苦しみもがいてるんだ。なんて残酷なことをしたんだろう。思わず涙ぐみそうになりながら、走って寝室に駆け上がり、ベッドの中でやっぱり猫と布団にくるまっているお妻様の横に座った。

「お妻様、もしかして怒ってるんじゃなくて、辛いの?」

「……うん……」

やっぱりそうだ。

「気づいたんだけど。俺病気のあと、10ヵ月ぐらいマイナスの感情が止まらなくて苦しい苦しいって言い続けてたじゃん? あれスゲー苦しかったんだけど、ずっと考えて、昨日からのお妻様が同じ状況じゃないかって」

「うん……そうだよ」

昨日から放っておいてくれと言い続けてきたお妻様から、初めてまともな反応があった。絞り出すように辛そうな声だった。

けれど、おなじように僕がマイナス感情に囚われてパニックを起こしてハアハアしているとき、お妻様はなにをしてくれただろう。そうだ、「今日はザワチンなの？」と言って、背中を撫でてくれた。このザワチンとはお妻様の造語で、理由がわかっていようとわからなかろうと、とにかく心がざわついて窒息感があって辛くて耐えられないという状態のこと。苦しさを説明することもできない状態の僕に、そのひと言で苦しさを示せる言葉としてお妻様が与えてくれたのが「ザワチン」だった。

そして僕がザワチンのとき、その苦しさから逃れる方法は、ただひとつお妻様に背中を撫でてもらうことだけだったはずだ。そうまでして僕の苦しさをケアし続けてくれたお妻様に、僕はこの24時間なにをしてきたのか。

「気づいてあげられなくてごめんね。ずっと辛かったね。お妻様だってザワチンが止まらないんだよね」

「うん……」

お妻様の背中を撫でると、うすら寒いぐらいの気温なのに、じっとり汗ばんでいた。必死に感情を抑えようとすると背中に汗をかくというのも、病後の僕が初めて知ったこと。どれほど辛い24時間をお妻様に過ごさせたのだろう。後悔で目の前が暗くなりながら、少しでも楽になれと、お妻様の背中を撫で続けた。

「俺、どんどん障害良くなっていくけど、なんとかして自分が当事者だったときの感覚忘れないようにする。病気やる前の俺に戻りたくないって本気で思うよ。本当にごめんね。辛かったね」

「うん……」

「もう絶対おなじことしないから。約束するから」

「うん……。大ちゃんも、ごめんね」

「お妻様が謝ることないよ」

「……腹減った」

そりゃ腹も減るだろう。たった24時間で、僕はこんなにもお妻様を消耗させてしまったのだ。

それからしばらく、お妻様の情緒について考え続けた。お妻様の子どもの頃からの家庭の話や、僕との生活を顧みるに、お妻様は接している人間の感情の影響を非常に受けやすいという弱点があるようだ。揉め事を起こしている人たちのそばにいるだけでも、僕がお妻様以外の誰かやなにかに対して不機嫌だったり苛立ったりしているだけでも、大いに影響を受けてなぜかお妻様自身が不機嫌になったり、意味もなく自分のせいではないかと自責しだしたりする。外出先でも、赤の他人の怒声や罵声などに過剰に反応するのを、何度も見たことがある。

そして、一度マイナス思考モードに入ったお妻様は、なかなか自力ではそのメンタルから抜け出すことができず、ずっと心がざわめく辛い状態が続く。たとえ自分が悪いと思っていても、どう謝ろうかなどと考えているうちに、頭が混乱しパニックを起こし、それが言葉に出なくなるのだ。こうしたときのお妻様を外から見ると、それは「謝るべきシーンで黙りこくって不機嫌な逆ギレさん」だが、実際にはお妻様の脳内で思考の混乱とあの猛烈な心の苦しさが渦巻いているのだ。

なお、こうした外的要因がなければお妻様が自分から不機嫌になることはほとんどない。そんな鷹揚で楽観的な性格のお妻様が唯一荒れるのは、かなり痛みが長引く生理の期間中だけだ。月に一度のこの期間は、お妻様は結構な暴君になって終始不機嫌で八つ当たりも激しいが、あの感情の拘泥の苦しさを味わった今なら、僕もなんとなくわかる。

「やっぱりお妻様の生理前の不機嫌とかも、心が苦しい状態なの？　ざわついて気持ちのコントロールができないの」

「そう。ちょー苦しい。言いたくないこと言っちゃうし、言った後で嫌われたらどうしようとか思っても、うまく謝れないし、ちょ――苦しいよ」

とのこと。すみません、18年も一緒に暮らしていて、全然その辛さをわかってあげられなくて。いや、お妻様のみならず、僕が女性の生理を知ってからの人生三十余年で出会った生理中の不機嫌な女性の皆さん、わかってあげられなくて、わがままな人たちだなあと思ってすみません。自力で気持ちのコントロールができないことが、あんな辛いもんだとは思いませんでした。

この気づきと反省をもって、僕たち脳が壊れた夫婦の家庭改革も最終段階へと突入していくのだった。

炊事的化学反応

いよいよお妻様と僕の家庭改革も、最終段階へと入っていった。

大人の発達障害なお妻様と共に暮らしていく中、僕自身の脳梗塞発症前から病後にかけても、最も負担になっていたことは、やはりなんといっても炊事と仕事の両立だった。セルフケアが苦手というよりもセルフネグレクトに近いお妻様は、食に対しての関心が非常に薄く、細かい好き嫌いはあるものの、いわゆる「10年後の身体は今の食事が作る」といった発想とはほど遠い。しかも生活の時間が微妙にズレている我が家では、最悪一日6回炊事のために台所に立つ必要が出てきて、僕を圧迫し続けた。

お妻様と共に炊事ができるようになる。家庭改革の、これが最後のミッションだ。もちろん世の中の夫婦には、夫婦双方が食や健康に無関心で、外食やレトルト中心食というケースも少なくなかろう。けれども、お妻様は再発率が非常に高く再発後の予後が絶望的な脳腫瘍という爆弾を抱え、僕の患った脳梗塞も決して再発率が低い病気ではないから、食生活の管理はマストだ。

だが実は、僕の病後の炊事に関しては、お妻様に少し失望したという記憶もある。まだ自らの障害の当事者認識をベースにしたお妻様の障害への類推も始めたばかりだった退院直後。僕はお妻様にこう言った。

「これまでずっと炊事と仕事の両立が大変で倒れちゃったから、今後はお妻様が三食作って」

今なら絶対不可能なお願いだとわかっているし、実際お妻様の返答は、曖昧だった。第一退院後の「譲れないお願いの交換」で好きな時間に寝て好きな時間に起きるを提示してきたお妻様は、朝型な僕の朝食の時間には起きてこない。たとえ起きてきてもきちんと頭が働き出すまでに長時間を要するお妻様に、朝7時には仕事を始めたいと思っている僕が待ちきれるはずもない。

結局退院して数週間後には「夕食の一食だけはお妻様が作って」に妥協し、さらに「夕食のおかずを一品だけでもいいから作って」まで妥協は進んだが、やっぱりお妻様は僕が腹を減らす夕食の時間になっても、自発的に台所に立つことはできなかった。

だが、もう理解できる。やれなくて当たり前だ。多くの家事をお妻様と共同してこなしていくようになった中で、お妻様がやれないことの理由が、「なぜやれないかの理解をしていない」僕の側にあることが、痛いほどわかるようになった。

様々な不自由を抱えたお妻様にとって、「ご飯を作って」という指示（お願い）は、あまりにもざっくりとして具体性を欠いている。「夕食だけでも作って」とか「おかずを一品作って」のように言い方を変えても、その難易度は全く変わらない。

病後の僕が気づき学んだことは、こうだったはずだ。まず夫婦間の家事のイニシアチブは、それが必要としているほうが握り、もう一方にお手伝いをお願いする。お願いする作業は、徹底的に細かく約分し、1回にひとつの指示だけを出す。その作業が終わるまで、次の指示を出さない。ひとつひとつの作業に感謝の気持ちで返す。この鉄則に加え、我が家の場合は夫婦の得意分野が真逆なので、僕は僕が面倒だと思う作業をお妻様にお願いする。

＊

ではこれを毎日の炊事に置き換えてみるとどうなるだろうか。我が夫婦の家庭改革最大のミッションである共同炊事計画がようやく発動したのは、僕の脳梗塞発症から1年以上が経ってからだった。

夕方、早朝から働いて一日の仕事のあらかたを終えた僕は、お妻様を台所に呼び寄せる。

「お妻様〜夕食（お妻様の昼飯）の準備手伝って〜」

「らじゃりこー（了解）」

やってきたお妻様にまず聞くのは、僕が把握している冷蔵庫の食品から作れる品目の中で、なにが食べたいかだ。その素材からなにが作れるのかを考えるのはお妻様の苦手分野なので、まずは先にいくつか候補を僕が挙げ、お妻様に決めてもらう。あれとあれと、あれも作れる、これも作れます。どうしますか？

「じゃあハンバーグとポテトサラダがいいなー」

よかろう！　ではお妻様よ、お手伝いをお願いいたします。

「お妻様、合挽肉、冷凍庫から出してー」

お妻様が冷凍庫から出す合挽肉80グラムは、購入後にお妻様担当の作業で計量して小分けしたものだ。

「じゃあそれ、レンジで全解凍してー」

「8番なー」

指示をしながら、僕はボウルと生卵をテーブルに出し、挽肉をレンジに入れてピッとモード選択をするお妻様に、次の指示。

「ジャガイモとタマネギ持ってきて。ジャガイモと、タマネギね」

2回言うのは、ふたつのことを同時に頼むと一方を忘れるから。すかさず廊下の野菜置き場からジャガイモとタマネギを持ってくるお妻様に、「じゃあそれの皮むいて」と指示。その間に僕はボウルに卵と調味料とパン粉を入れて、フライパンをコンロに出す。

シンクで野菜の皮をむくお妻様の横で、僕は皮むき後の野菜を受け取って、タマネギをみじん切りにしてボウルに入れ、ジャガイモをカットしてシリコンスチーマー（レンジで茹《ゆ》で野菜ができるアレ）に入れる流れ作業。

と、そのタイミングで合挽肉の解凍終了。僕の指示とお妻様の作業が連続しだす。「レンジから挽肉持ってきて」、解凍された挽肉をボウルに入れて混ぜ合わせながら「シリコンスチーマーレンジに入れて」「7番の茹で根菜して」「パン粉を乾物入れにしまって」「余ったジャガイモラップして野菜室に入れて」「ついでにハム出して」「キュウリ出して」。

お妻様が休む暇なく動く中、僕も手を休めることなくタマネギと挽肉をボウルの卵や調味料類と合わせて叩いてタネを作り、予熱したフライパンで焼き開始！「お妻様、タイマー8分」と、そんなことまでお願いする。ハンバーグを焼いている間に、キュウリを刻んで塩揉みし、シリコンスチーマーで加熱が済んだジャガイモとハムと刻みタマネギを合わせて調味して、ポテトサラダもでき上がり。

さらに事前にお妻様が小分けにして冷凍してくれてある白飯（もちろん炊いたのは僕）の解凍を頼み、冷蔵庫から作り置きのひじきとか青菜の和え物とかを出して、お見事、ハンバーグの焼き上がりと同時に全品が食卓に並んだ。

「お妻様、ありがとう」

「どういたしますた。役に立ってるか？」

「お給金払いたいぐらいです」

本音だ。役に立ってるなんてもんじゃない！　炊事経験のある者ならわかるだろうが、料理において、特にハンバーグのように素手を使う調理の中で、汚れた手を作業ごとに洗って手の水分を拭くという手間や、冷蔵庫や収納から材料を出したりしまったりという作業は、手間の大半を占めている。

だがこうした作業のほとんどをお妻様がやってくれることで、僕が担当するのは実質「包丁・加熱・調味。そして段取りと指示」のみ。ほとんどコンロとまな板の前から動かずに料理が完成するというのは、手間半分に時間7割ぐらいで調理が終了する感覚だ。

嗚呼、疲れ切った身体と心で、手伝ってくれないお妻様の存在を背中に感じつつ台所に立ち続けたそれまでの炊事はなんだったというのか。あのカオスなアパートで、できたてカレーとともに宙を舞い打ち砕かれた「アフタヌーンティー」の高い皿はなんだったのか。こんなにも優秀な助手が隣にいることも知らずに、本当に僕はなにをしてきたんだろう。

僕らが台所で起こしたのは、ケミストリー。得意分野の違う夫婦が起こした「炊事的化学反応」だったのだと思う。けれど驚きは、それだけではなかった。

毎日の炊事をお妻様とふたりでやっていく中で、お妻様は確実に学習と発達を重ねていった。例えばハンバーグを作るといえば、お妻様はなにも言わなくてもタマネギを持ってきて、挽肉の解凍を始めるようになった。お好み焼きを作ると言えば、卵とボウルとキッチンスケールを自分で用意し、「粉って60グラムだっけー」などと確認してくる。

それ以前に、僕が料理の準備を始めだすと、お妻様はそれまでやっていた読書やゲームなどを中断して、僕の近くで指示待ちの態勢に入るようになった。洗濯物も僕が洗って干して取り込んでをやっておけば、勝手に畳んで衣装ケースにしまってくれている。

明らかにお妻様は進化していく。もちろん手元の作業を見ていれば、やっぱりお妻様はちょっと作業が丁寧すぎて手抜き下手なところがあって、時間はかかっている。けれど、頼んでやれないことは、そんなにない。こんなお妻様を見ていると、過去にお妻様を取り巻いていた無理解の、本当の意味がわかってきた。

「頑張っている量」が平等になった

お妻様は、子どもの頃からその要領の悪く時間のかかる作業を頭から否定され、お義母ちゃんや僕に「自分がやったほうが早い」と作業を横取りされてきたのだろう。でも横取りされてしまったら、いつその作業を覚えればいいというのだ。それは単に作業を奪われたのではない。もっと残酷なことに、「発達と学習の機会を奪われた」のだ。奪われながらさらに、お妻様は「駄目な子＝学習も発達もしない子」と言われ、自分でも自身を「要らない子」と思い続けてきた。それがいかに理不尽なことなのか、ようやく身に染みてわかってきた。

「お妻様、本当にごめんね。お妻様に接してきたすべての人を代表して謝りたい気分です。でもなんか君、進化してるんですけど。こうやって手伝い続けてたら、料理ひとりでやれるようになると思う？」

「やれなくはないとは思うけど、完璧にはできないと思う。できないことは残ると思う」

「そうかな。ゆっくり焦らずに、邪魔されずにひとつずつやり続けたら、もっと色々なことができるようになるかもよ？」

「かもしれんけど、あたしは今は、こうして大ちゃんと一緒に家事をしたり台所に立つのが、楽しいし嬉しいよ」

それは大変同感です。

本当に長かったけれども、お妻様と僕の夫婦は、平等になった。僕の手伝いを含めて、いまや一日のうちにお妻様が家事に費やす時間は、僕より長くなったかもしれない。相変わらずお妻様に仕事をしようとする気はないから我が家はシングルインカムのままだし、お妻様の家事には時間がかかるから、遂行する家事の「作業量」としてはまだ僕のほうがたくさんやっていると思う。

けれども、僕らは間違いなく平等になった。なにが平等なのかと言えば「頑張っている量」が平等になったのだ。お妻様と並んで家事をすることが増えていく中で、僕はこの「頑張る」ということを、ずっと考え続けた。

頑張るってなんだろう？　僕なりの結論は、頑張るとは「脳がたくさんのカロリーを消費する」ということだ。とかく人は、作業をした結果として目に見える量や質をもって、その作業をした者の努力の量を測りがちだが、果たしてそれは正しい評価ではない。

脳梗塞発症直後の僕は極度に集中力が落ちて、病院のベッドでちょっと複雑な文章を数行読むだけで、猛烈な疲労感と睡魔に襲われて、とても文章を読み続けることができなくなった。発症から2年経つ今も、緊張する会話などを長時間続けると、電源がいきなり落ちた機械みたいに、唐突に頭が回らなくなって声も出てこなくなってしまうことがある。高次脳機能障害界隈では「易疲労」という症状。だが、似たような症状は程度の差はあれ、僕が病前に取材してきたメンタルを病んだ人々にも、発達障害な人にも鬱病の人にも双極性障害の人にも、もちろんお妻様にも、共通してみられるものだった。

彼らは疲れやすいのではなく、同じ作業をしても力全開でめちゃめちゃ頑張ってるから疲れるのだ。疲れとは作業の量とは比例せず、脳をどれだけ使ったかに比例する。

入院病棟で、何分もかけて本の1ページをようやく読んでいた僕。作業の結果は1ページ読破だが、僕は全力で頑張って、努力して、ヘトヘトになりながらその1ページを読んだ。あの1ページを読むのに費やした努力は、消費した脳のカロリーと残った疲労感は、絶対に否定できないし、されたくもないものだ。そしてそれは、僕が10分で終わらせる作業を1時間かけてやるお妻様の努力と消費と疲労を否定してはならないのと同じことだ。定形発達な人間がすんなりやれる作業をやって、ヘトヘトになってしまうお妻様たちは、めちゃめちゃ頑張っている。

このことを理解して、お妻様と僕の家庭は、18年かけてようやく平等の地平に至ったのだと思う。

最終章

なぜお妻様を治療しないのか

不自由の先輩

18年間は、長かった。

発達面に問題を抱えて育ち、かつてはそれを周囲に理解してもらえないことから自傷行為を繰り返し、30代前半で絶望的な悪性脳腫瘍を発症しながらも、想定外の前向き姿勢で戦い抜いたお妻様。一方で、脳梗塞を起こして高次脳機能障害当事者になった僕。

同棲から18年あまり。いや、本書が出版される頃には、ふたりが共に暮らし始めて19年が経つ。僕のやってきた取材記者という仕事は、人を観察し理解する仕事でもある。そんな僕が、こんなにも長い時間をかけなければお妻様の本当の姿を知ることができず、その良き伴侶であるために僕がどうあればよいのかもわからなかったのは、僕が愚かだったこともあるだろうし、お妻様の抱えた発達の問題という目に見えずわかりにくい不自由が、理解しようと歩み寄ってもなお本質的な理解が難しいということでもあると思う。

もちろん我が家の形がベストだとは思わない。けれど、2年以上をかけて家庭の環境や夫婦の役割を改革してきた中で、改めてたどり着いた視座がある。

それが、「不自由を障害にするのは環境」だということだ。

何度も似たようなたとえを出すが、改めて想像してみてほしい。少し足が不自由な人がいたとする。彼の足は不自由だが、みんながゆっくり歩く環境の中で、彼自身も無理せずに歩けるスピードで歩いていく分には、彼の不自由はさほど不便を感じさせない。この段階では「不自由は障害になっていない」。

けれどこれが、みんなが1キロを10分で歩けることを前提にした環境や、そのスピードを強いられる集団の中にいたらどうか。彼は無理して求められる速度に合わせようとして、つまずいたり転んだり、早歩きできる人の邪魔になったりするだろう。周囲の速度に合わせられない自分をもどかしく思うだろう。この時点で初めて、その不自由は「障害になる」のだ。

もちろんこの不自由の度合いによっては、あらゆる環境が障害になってしまうケースもあるだろうし、逆に家では生き生きしてるのに学校に行くと死に体になってしまう子どものように、特定の環境のみが障害になる不自由もある。小さな不自由を大きな障害にしてしまう環境もあるだろう。

それにしても「脳が不自由」というのは、周囲から見てその不自由がわかりづらい。

「なんで早歩きしないの？　足がないとか怪我してるならまだしも、あなた両足ついてて普通に歩けてるじゃない。不自由には見えないよ？」

見えない不自由を抱えた人たちに、やろうとしてもできないことを強いる。そんな周囲の無理解が、一層当事者の不自由を苦しみ＝障害にしてしまうのは、あまりに残酷なことだ。

環境が不自由を障害にする。これは様々な障害支援の現場では普遍的に言及されている考え方だが、僕は自身が当事者になって、ようやく心底その意味を理解することができた。

我が家の場合は、僕自身が不自由を抱えることで、僕がかつてお妻様がやりたくてもできなかったことを叱責し続け、お妻様の抱えた不自由を障害にしてしまっていた過去にようやく気づいた。そして「不自由の先輩」であるお妻様は、僕が抱えた不自由によって大きくつまずく前に支え、障害よりは受容の境地にソフトランディングさせてくれたのだ。

不自由を障害にするのは、周囲の環境であり家族であり社会。そう答えが出たとき、僕が感じたのは、実は「安心」だった。この後はすこし話が複雑になるが、これは当事者というより、当事者と共に生きる家族には、ぜひとも考えていただきたいと思う。

発達障害も含めたパーソナリティが好き

脳梗塞後、まだその障害は残ってはいるものの段階的に回復している僕が、お妻様の障害をこうして文章にしてきた中で、どうしても払拭できない不安があった。それが、「なぜお妻様を治療しないのか」と人に問われたときに、どうこたえるかだ。

昨今は、大人も子どもも含めて、発達障害の「診断ブーム」であり「治療ブーム」だ。ネットをさまよえば、うるさいほどにポップアップされる「もしかして発達障害ではありませんか」「発達障害は治療できます」みたいな広告。それは診断を勧めるものから、投薬治療に導くものや、謎のサプリメント販売に至るものまで玉石混交だが、いまや発達障害はビジネスのキーワードにすらなりつつある。

僕の抱えた高次脳機能障害が時間をかけて回復していくのに対し、これまで発達障害は治らない＝その脳の器質的な問題が回復することはないとされてきた。先天的な問題だから「回復」というと語弊がある。正しくは「定形発達と言われるレベルまで大人になってから発達することはない」だ。

確かにお妻様は僕と共に家庭改革をしていく中で、徐々にやれることが増えてきてはいるし、「もしかして定形発達に近づいている？」と思わせるシーンもある。だが、それはかつて奪われた「学習の機会を取り戻した」だけだ。確かに何度も繰り返して手順を覚えた作業をやる分には、お妻様から不定形発達を感じることはない。ところがやり慣れぬ作業や初めてやる作業では、やっぱりミスを連発するし、似たような作業ができているのに応用が利かないことに驚かされたりもする。そして、どんなに慣れてもどんなに工夫しても「根本的にやれないこと」もいくつかある。

それが中途障害である高次脳機能障害と、先天障害である発達障害の違いと感じてきた。

ではなぜ僕はお妻様をこの「治療のムーブメント」に乗せないのか。治療できるとされる医療機関に連れていこうともしないのか？

昨今発達障害の周辺で盛んに語られる薬剤に「ストラテラ」と「コンサータ」がある。コンサータは第二章で触れたとおりリタリンと同成分で依存リスクを低下させた新薬だが、いずれにせよ服用した当事者からは（僕自身の聞き取り取材例は非常に少ないが）、強い副作用の報告もある一方で「頭の中の雑音が消えて思考がまとまるようになった」「集中できる」「自分をコントロールできてる感が半端ない」「これなら仕事ができる」といった声も聞く。

これはアリだろう。お妻様がリストカッターだった時代にＳＳＲＩの離脱地獄を目の当たりにし、その後の取材活動の中でもメンタル系疾患への投薬治療にはかなり懐疑的な僕だが、発達障害への投薬治療は、アリだと思っている。

発達に問題のある当事者は、ひとつのつまずきによって、その後に得るはずの発達も失ってしまっているケースが多い。例えるならそれは、手にミトンをはめられた状態で箸を使う訓練をしているようなものだ。ミトンによって親指とそれ以外の指に制限された状態では、箸使いの技術は発達しない。だが投薬によってこのミトンを外すことができれば、その間に自由に動く手指を使って箸使いができるようになるだろう。

箸を使うために一生ミトンを外す＝一生投薬し続けるという手段もあるが、一度箸使いのコツをつかむことで、ミトンをつけた状態でも従前より上手に箸が使えるようになることもある。つまり、単に不自由を緩和させるだけではなく、そうして不自由を緩和させている間に、その先のことを学ぶ可能性を、僕は否定できないと思うのだ。

問題があるとすれば、保険適用内で行われる投薬治療にはどうしても「その障害です」という診断基準が必要になり、今はその診断ブームみたいな潮流があること。だが、そもそも発達障害の診断基準とされているＤＳＭ分類にしても何度も改訂されているものだし、その診断の枠に収まらないボーダーラインの者でも、「抱えている不自由によって障害を感じている」段階で支援の対象になるのが理想で、診断重視が先走りしてビジネス化している現状は、ちょっとよろしくないとは思う。

だが、なおかつ僕はお妻様を率先して治療の場に向かわせたくないと思っているし、本書も「発達障害のお妻様がついに治療に！」みたいな展開にはつなげたくないと思っている。

なぜそうなのか、第一に、お妻様から治療したいという言葉を聞かないこともあるが、よくよく自分自身を顧みると、出てきた答えは「発達障害も含めたお妻様のパーソナリティが好きだから」だった。

これは僕の本音だ。僕はお妻様が変わってしまうことを恐れている。コンサータやストラテラの使用者からは、頭がすっきりしたという声もある一方で、「余分なことを考えなくなった」「感情が穏やかになり、少し無感動になった」「天然じゃなくなったと言われた」という声もある。プラスにもとれる声だが、余分なことを考えたり情緒が豊かなのも天然なのも、お妻様の魅力だ。そして治療によってそれが失われることを、僕は恐れている。

お妻様が巨大な脳腫瘍の摘出手術に挑むとき、僕が心の底から恐怖したのは、お妻様の特異なパーソナリティが失われたり変容してしまうことだった。むしろ僕は変人のお妻様のまでいることを望んだし、お妻様の死の予感に怯える中で、お妻様がどこにでもいそうな凡庸なパーソナリティの持ち主だったらそこまで巨大な喪失ではなかったろうにと、苦しみ続けた。彼女が精神科処方薬を断薬し、戻ってきた「元気な変人」の彼女を見て、心の底から嬉しいと思った。

お妻様は今のままのパーソナリティでいてほしい。そう思うのが僕の本音なのだ。だがこれは一方で、やはり僕の横暴にも感じる気持ちが、どうしても拭えなかった。なぜならそれは、もしかしたら治療を受ければお妻様が経験したかもしれない未来や新しい世界や挑戦を、得たかもしれない発達を、僕の勝手で奪ってしまっているとも言えるからだ。僕自身が脳に不自由を抱えた当事者になり、その視点からお妻様を見るようになってから、ずっとそんな考えに悩んできた。

やっぱ家事はふたりでやったほうが楽しいよね

その悩みに、「不自由を障害にするのは環境」という視座は、ひとつの解決と安心をもたらしてくれた。そう。少なくともお妻様は脳に不自由を抱えたままだが、夫婦関係の中に生きるだけなら、その不自由を障害＝苦しさにするかどうかは、環境。すなわち彼女の環境を作る僕次第なのだ。そして現状、ふたりして脳にトラブルを抱えたことで、その環境は大きく改善された。夫婦で平等に支え合いながら家庭を運営しているのみなら、お妻様の不自由は障害になることはない。

ならば今はこのままでよいし、治療の必要はない。

多分、お妻様が外の世界に出て働きたいとか活躍したいと思ったり、なにか新しいことに挑戦しようと思ったり、我が家の経済が不安定になってお妻様にも外に出て稼いでもらわなければならない事態になったときには、お妻様は色々なシーンでつまずくことだろうとは思う。ならばその時点、お妻様の不自由が障害に変わってしまう前のタイミングで、改めて治療を始めればいいではないか。そのときになったら、僕はお妻様の治療を全力で支えよう。

この結論にたどり着いて、ようやく僕の悩みは解決された。

では、当のお妻様はどう思うだろう。

「お妻様はこういう話を聞いて、やっぱり治療受けたいって思う？」

「どうかな。そういえば昔、先輩から貰ってきたリタリン飲んで掃除してみたら、めっちゃ褒められたよね」

ああ。ずいぶん昔の話だが、確かに以前、お妻様が「コレクションのベゲタミンAとトレード」というわけのわからん条件で、悪い先輩からリタリンを貰ってきたことがあった。確かにあの日のお妻様は、めちゃめちゃ優秀に掃除をこなしていたのを覚えている。

「まあ、あのときほどじゃないけど、現状でもお妻様は劇的に家事をやってくれるようになったし、欲を言えば『今週の洗濯当番はお妻様ね』みたいなザクっとした頼み方ができるようになれば俺も楽なんだけどね」

「そういう感じの頼み方は無理かもしれないけど。でもあたしとしても、ふたりで家事やるようになってから、できることは以前より随分増えたと思ってるし、今後も色々頼んでくれることが増えればやれることも増えると思うよ。ただ……」

「ただ?」

「やっぱ家事はふたりでやったほうが楽しいよね」

やっぱりそこに落ちつく。確かにそうだ。この「ふたりでやる家事」の充実感は、僕が感じているよりもかつて家庭の運営から排除されていたお妻様のほうが強く感じているようで、僕らが互いに病気になることで得たボーナスのようにも感じている。

ということで、やはりお妻様の治療は、もしやるとしてもずいぶん先のことになりそうだ。

以前のふたりには戻りたくない

さて。お妻様の脳腫瘍発覚が2011年末で僕の脳梗塞が2015年初夏だから、たった3年半で、我が家は人生を左右するようなライフイベントに二度も襲われたことになる。けれども僕たち夫婦ふたりにとって、互いの闘病経験はやはり僥倖《ぎょうこう》であって、僕らの共通見解は「以前のふたりには戻りたくない」だ。

「ふたりとも病気になってなかったら、どっちかが家出てっちゃってる可能性大だよね。もし大ちゃんが脳梗塞になってなかったら、そろそろ働けコールが激しかったと思うし、それをあたしが無視し続けて大喧嘩みたいな」

とお妻様。それでもまだ働かないと言い切るおまえは凄いよ。

「お妻様、もし俺が病気の前に戻っちゃったら、どんな感じ？　ひと言でいうと？」

「か!!!!」（威嚇する猫的表情）

お妻様、それはひと言ではなく「一音」ですが、全力で気持ちは伝わりました。

けれども、ここで僕ら夫婦の歴史を「ほっこりする良い話」「いいご夫婦ですね〜〜」で終わらせてよいとは、僕は思わない。なぜなら、僕が倒れてこの原稿執筆時で丸2年と1ヵ月。ふたりして暢気にこんなことを言っていられるのは、僕らが、ほかにあまり例がないほど恵まれたレアケースだったと思うからだ。

第一に、僕はそもそもの仕事が社会的困窮者への取材で、嫌というほど多くの不自由を抱えた人たちを観察してきて、心（脳）が不自由になることに対して、理解はともあれ予備知識は十分だった。

しかもお妻様と出会う前の自らのド貧乏経験に加えて取材活動の中で多くの経済的破綻例を見てきたことで、僕自身が少々貧困恐怖症になり、万事石橋を叩くような緊縮経済感覚で生きてきた。

だからこそ、お妻様が倒れても自らが障害の当事者になってもいきなり経済的困窮に陥らずに済むだけの余裕もあったし、今もお妻様が働いて収入を確保しなくても、直近の不安はない。

けれど、そんなケースがどこにでもあるものとは、到底思えない。もし僕らの家庭に貯蓄がなくて、脳梗塞後の僕が即座に病前の収入を必要としたらどうだろう。もし僕の仕事が「自営で自宅が事務所の執筆業」などではなく、勤め人の営業職でもあったらどうだろう。お妻様も発達障害の治療をしてでも新たに仕事を探さなければならなかったら?

想像するのも怖い。僕らにはお互いの障害の考察や家庭改革なんてやっている暇があろうはずもなかったし、病気をしてよかったなんてことも、とても言えなかったに違いない。きっと諍《いさか》いがたえず、お互いに傷つけ合っていただろう。紙一重で、僕たちは地獄に落ちていたかもしれないのだ。

実際お妻様のみならず、僕がこれまで取材してきた、僕と同じような不自由を抱えた人たちは、あまりにも残酷な世界で生きていた。しつこく書いているが、僕が抱えることになったのは脳梗塞を原因とする高次脳機能障害だが、それによってできなくなることや味わうことになる苦しさは、鬱をはじめとする精神疾患や発達障害、認知症やPTSD（心的外傷後ストレス障害）などなど「脳にトラブルを抱えた」当事者全般と合致する。

そして、僕がこれまでの取材活動で接してきた多くの当事者のほとんどは、社会や家庭から理解を得られず排除されがちだったし、発達障害の当事者の多くは子ども時代や職場でのいじめ被害経験をもっていた。彼らは適切な理解や支援を受けるどころか、家庭で虐待の被害に遭ったりもしていたし、孤立して貧困の中にいる者も少なからずいた。なんとも残酷だ。なぜ本来はケアされるべき彼らが、強く被害者的な立場に陥ってしまうのだろうか。

ずっと抱え続けてきたこの疑問にも、僕自身が脳が不自由な当事者になったことで、僕が脳が不自由なお妻様とずっと暮らしてきたことで、ひとつの答えが出せると感じている。綺麗ごとを抜きにして論を展開しよう。

お父ちゃんのちゃぶ台返し

ケアされるべき彼らが排除される理由として、どうしても避けて通れないことがある。彼らは基本的には被害的な立場に置かれることが多いが、一方で場面と相手によっては「加害的な側面」ももち合わせているということだ。

大きな誤解を招きかねないので、ここは改めて慎重に書く。
例えば僕自身、病後に自力で感情の抑制が難しくなったのは、本当に苦しい経験だった。けれど、そこで抑制を諦めてしまっていたら、もしくは努力しようとも抑制不可能なほどに障害が重かったらどうだったろう。自身の障害を理解し受容することもできなかったらどうだろう。

間違いなく僕は、ちょっとしたことでも場所や相手をわきまえずに怒鳴り散らす、猛烈に加害的なパーソナリティになっていたと思う。もし病前からトラブルを暴力で解決する傾向があったら、一層手のつけようのない暴力の加害者になっていた。しかも暴れているようで本人はとても苦しんでいるという、理解不能な加害者に僕はなっていただろう。

高次脳機能障害当事者の抱える問題の中でも、感情の脱抑制による暴言・暴力は非常に大きくて悲惨な問題で、家族や周囲に多大なストレスや苦痛を与え、本来ケアされるべき当事者が周囲から排除され、孤立してしまう原因にもなっている。そして残念なことに、同様のことはその他の「脳にトラブルを抱えた」当事者にも共通する。

発達に問題があったお妻様にしてもそうなのだ。彼女には脳の不自由を理由としてできないことが多くあり、幼少時代から成人期に至っても家族や僕に責められ続けた。その意味では、間違いなく彼女は被害的な立場だった。

だが一方で、「やれんことはやれん」と開き直って能動的に家事をしなくなり、仕事に出ることもなかったお妻様は、僕にとって加害的でもあったと言えるし、それが負担でなかったと言えば絶対に嘘になる。お妻様にだって、被害と加害の両面の顔があるのだ。

お妻様がもし男性ならと考えたら、いっそうわかりやすい。働かない家事しない。一度機嫌を損ねたら、たとえ自分が悪くてもずっとしつこく不機嫌のまま。

本当はなんらかの不自由があって働けなかったり感情のコントロールができないのであっても、第三者から見てそれは典型的な「だめんず」で、言うまでもなく加害的な男性像として周囲からは捉えられるだろう。もし苦手な意思表示の手段の中に暴力が加わるなら、完全に悪質な加害者だ。

こうして思考を展開していくと、「加害者の背後の被害者像や隠れた障害」は、様々なケースで思い当たる。

例えば戦後のお父ちゃんのちゃぶ台返しや、米国で長年社会問題になっている帰還兵の社会的問題行動について。戦場経験をした男性の多くはＰＴＳＤを抱えていただろう。ＰＴＳＤでやれなくなることや抱える苦しみも、高次脳機能障害と同様に発達障害やその他の精神疾患など「脳が不自由」な当事者のものと合致する。

となれば、家族に怒鳴り散らしちゃぶ台をひっくり返しお母ちゃんを殴り、酒におぼれて仕事に行かないお父ちゃんは、実はものすごい苦しみを胸に抱えていたのかもしれない。自身で抑制できない感情にとまどい、戦地に行く前とは変わってしまった自分自身を責め続けていたのかもしれない。

もちろん、お母ちゃんや子どもをぶん殴った時点でお父ちゃんはアウト。その加害像は絶対肯定したくない。

けれど、加害的になってしまった時点で、そのお父ちゃんの苦しさはほかの人に一層理解されなくなり、支援の対象ではなくなり、お父ちゃんは孤立したのではないか。さすがにお妻様の背後にちゃぶ台返しの親父を想像するのは離れ業だが、よくよく考えれば両者にはなんの差異もない。

そしてこうした思考の先に見える人物像に、僕は強い既視感を覚えるのだ。被害経験をもつ「本来は支援の対象の人々」が、ネガティブで攻撃的で面倒くさい性格や言動のために、様々な支援の手からも家族や友人や地域社会からも孤立したり、加害的な立場になってしまっている。

それは、まさに僕がこれまでの記者活動や著書で指摘してきた貧困の定義＝「単に低所得なのではなく、様々な理由で無支援状態に陥りその困窮が継続している人々」そのものなのだ。

ならば、改めて彼ら彼女らに近しい立場となった僕は、一歩考察を進めて彼らの代弁をしなければならないと思う。

結論はこうだ。

「弱者を加害的な立場に追い込むのも、また周囲の環境」

「やれて当たり前」がやれないことの辛さ

不自由を障害にするのが周囲の環境なのと同様に、不自由だったり被害的な弱者を追い詰めて加害的な立場や排除の対象にしてしまうのも、環境や社会だ。

例えば、再びお妻様のケース。脳の不自由は可視化や想像することが難しいので、体質の弱点に例を求めよう。お妻様は手の皮膚が弱い。あらゆる洗剤で手がかぶれて変な汁が出てくるし、天然ゴムにもラテックスにもアレルギーがあるから、無理に水仕事をやらせると、見ているのも苦しくなるぐらい痛々しい状態になってしまう。

結果、お妻様が脳腫瘍に倒れて僕が家事を100%背負い込む前は、台所は洗い物が溜まりがちで、堪えかねて忙しい仕事の合間を縫って食器洗いをする僕の、大きな負担になってきた。だが当時、そんな状況を知った多くの人から、特に女性から、こんな声を何度も聞いた。

「わかるわかる！　私も同じだったたから。私も結婚したばかりの頃、洗い物で手が荒れて痛くてかゆくて気が狂いそうで、色々な洗剤を試したけど駄目だった。でも、手をボロボロにしながら頑張ってたら、子ども生んだ頃からマシになって、今は普通にやれてるよ。いやー、鈴木さんもよくやるよね〜。仕事も家事も、大変でしょう?」

ええ大変です。僕の中に、洗い物をやってくれない妻に対しての被害者意識があったときは、こうした言葉にねぎらいの気持ちも感じていた。

けれど、僕自身が色々なことを「やれない人」になった今、そのねぎらいの言葉の背後に隠されたメッセージを、どうしても無視できない。そのメッセージとは、

「お妻様は頑張って自分のやれないことを克服しなくて済んでずるい=加害的だ」

というもの。

確かに人には向き不向きがあって、不向きなことにも挑戦して乗り越えていくことが成長。けれども、頑張ってやった結果乗り越えられるかどうかの結果は、努力の量だけでなく個人差に左右されることは、忘れられがちだ。

そして「頑張っても、やりたくてもできない人」になってみた僕は、こうした言葉が非常に残酷なものに思えてならない。

反論したい。大前提として、そもそも女性が家事をやり、洗い物などの水仕事をするものだと、誰が決めたのだ? そんな疑問をもたず、あるいはもったとしても自分の中で消化して、努力して家事の辛さを乗り越えてきた、そんなあなたたちを否定しようとは思わない。

けれど、

「女性とはそうした仕事をするもので、それをやれるのが女性の価値」

「みんなも私も、はじめはできなくても頑張ってできるようになったんだ」

「だからやれて当たり前。やれないのは頑張ってないから」

女性と家事にまつわるそんな言説に、「やれて当たり前」がやれないお妻様のような女性が、どれほど肩身が狭い思いをし否定の中に埋没してきたのかと思うと、気が遠くなる。

「障害に甘えるな」は禁句

では、少なくとも家庭の中で、洗い物をするのは夫婦どちらの担当か？　正解は「手の皮膚が頑丈なほう」だろう。どちらが外で働いているかとかは関係ない。そしてその前提の下でなら、洗い物をしない（できない）お妻様に加害性など微塵もないではないか。

手の皮膚が弱いお妻様を「夫に洗い物をやらせる加害的な女」に変えてしまったのは、間違いなく「洗い物は女性がやるもの」と決めつける前提と、「やれて当たり前」「みんな頑張ってやれるようになってきた」を押しつけ続けてきた社会や慣習だ。

嗚呼、お妻様がなぜ「頑張る女集団」「できる女集団」の中で浮くのかの理由が手に取るようにわかるが、間違っているのは頑張れる人たちだ。むしろ手の皮膚が弱い女性に水仕事を強要することのほうが虐待なのではないかとまで思えてきた。女が洗い物をやって当然という「環境」が、それが苦手な女性たちの不自由を「家事ができない女」という障害にし、かつ加害的な女として排除と攻撃の対象にする。かつて自身にも不自由があって、それを頑張って乗り越えた者ほど、批判的になるだろう。だが、その対立も加害も被害も、原因は「環境」の側にあるのだ。

どうにもジェンダーな話に傾いたが、もちろんこれは、男性にとっても同様だろう。男ならこのぐらいのことでくじけるな。男なら働いて家族を養って当たり前。男なら女を守れ。そんな言説に、「やれて当たり前のことができない」男はどれほど自尊心をくじかれつつ生きてきたのだろうか。

現代の日本はまだまだ圧倒的に女性に不利で「やれて当たり前」に苦しめられるシーンが多いように感じてはいるが、働かない夫の背景にも「うまく働けない」という苦しさと障害があったのかもしれない。

僕自身が「できない人」になったことで、これまで取材してきた、または身近に接してきた「不自由な人」の不甲斐なく悔しい気持ちが、とめどなく僕の中に流れ込んできたような気がした。

たかが洗い物の話だが、これは弱者に無理解な社会の縮図だ。「やれる者」を前提に作られた常識や環境が、「やれない者」を加害的にしたり、排除や差別の対象にまでしてしまう。なんて残酷だろう。

僕の抱えた高次脳機能障害はあくまで中途障害で、僕には「元健常者」の感覚もある。そのうえで、読者に、社会にお願いしたい。

まず健常者（というより非当事者）は、脳に問題を抱えた当事者が「やりたくてもできない」ことがあり、その目には見えない機能の欠損と不自由感が大きな苦痛を伴っているのだという理解を大前提にしてほしい。そのうえで、彼らがやれないことを押しつけたり「やれて当たり前」の価値観をふりかざしたりせず、彼らのやれることを共に発見、評価してほしい。

一方で当事者にもお願いしたいことがある。それは、自らができないことと、なぜできないのかを自ら把握し、それがどれほど非当事者には想像し辛いのかを考えること。そのうえでできる限り非当事者にその不自由感がどんなものなのかを伝え、発信する試みを諦めないでほしいということ。当然その際に非当事者は「障害に甘えるな」の言葉を絶対に発さないでほしい。

言葉にするのは簡単だが、社会にこうした考えが浸透するまでには、とてつもなく遠大なプロセスが必要なのだと思う。けれどそれは、少なくとも家庭や職場といった小さなユニットの中であれば、今日からでも始められる改革だ。

＊

＊

さあ、大風呂敷を広げまくったが、基本の基本である我が家に立ち返ろう。どうだろう。

こんこんこんこん。雨どいを伝う冷たい雨が窓の外で差し掛けを打つ音が茶の間に響く。こうして本書を書き上げているのは、２０１７年の10月末、雨の日曜日、正午。この秋はずいぶんと残暑が続いたが、ようやく秋雨前線が到来して、いきなりの肌寒さに茶の間の僕はこたつを出そうかと悩むぐらいだ。

お妻様は当然まだ2階の寝室で猫と融合状態にある。彼女は天候で体調が左右されまくる人だし、ちょうど先日には生理直前のイライラ期に入る頃だと「体調予報アプリ」からメールで警告が入っていた。便利なツールがあるものだと感心するが、雨で生理前でとなったら、前のお妻様ならまず起きてこないこと前提だし、注意障害も上乗せされて家の中はカオスに輪をかけていたに違いない。

だが、彼女はもう、ネオお妻様。今日だって朝起きてみれば茶の間の床はきちんと片づけられていて、落ちていたのはキッチンペーパーのロール芯と刺繍針一本……って刺繍針は致命的な落とし物だが、針刺しを猫がおもちゃにした痕跡だろう。病前の僕ならなぜ猫の手の届くところに針刺しを置くのだと相当に怒ったシーンかもしれないが、猫が飲み込んでいないならセーフ。お妻様が起きてきたら、二度とこんなことがないように針刺しの場所を改めてふたりで考えよう。

ちゃぶ台の上には畳んだ洗濯物が積まれたままだが、この洗濯物は前日に僕が仕事で外出中に雨が降ってきたタイミングで、お妻様が取り込んで部屋干しをして、畳んでくれたもの。取り込んでの指示も畳んでの指示もしなくても、お妻様はここまでやってくれるようになった。これも家庭改革前の僕なら「畳んだ服をしまうまでが洗濯」とか言ってたかもしれないが、もう十分だ。

言わなくてもやってくれる家事は徐々に増え、僕の仕事が連日忙しいときには彼女が最も苦手とする皿洗いをゴツい手袋をつけてやってくれていて、ちょっと感動だった。もちろんお妻様のことだから、単に皿を洗うだけでなく、洗い桶や排水溝まで目についてしまった部分を年末の大掃除ばりに磨き上げて漂白して、その一方で使った漂白剤やら手袋やらが出しっぱなしだったが、そのアンバランスさが微笑ましいと思った。

ダバダバダーニャッパー。時計を見れば12時37分。お妻様と猫起床。寝間着のままで半目を開いて、なぜか片手にPS４の空き箱を抱えて、文机で仕事をする僕の前に立つ。

「おはよー。すごいじゃん。雨だから起きてこないかと思ったのに」

「おはす。日曜だし、起きないと怒るかと思った」

「怒んないよ」

見れば目をつぶって仁王立ちのままで前後にゆらゆら揺れているお妻様。

「あー、あたし今日具合悪いんだきっと。頭重いし身体ぐったりだし」

まあ、天気悪いし生理前だしね。だが揺れるお妻様を台所から呼ぶ猫たちの合唱。お妻様は目を閉じたままで猫餌の準備を始める。

「みんなおいで〜。ほら、あちらのお客様からです」

ってどちらのお客様だよ。バーテンかよ。どうして目もまともにあいてないのにそういう変なワードは出てくるんだろうね。

「あ〜今週の俺は駄目駄目だ。寝る前に消費期限5日ぶっちぎったプレミアムロールケーキ食ったのが悪かったのかなあ」

それは捨てろよ！　猫×5がそれぞれきちんと食べているのかを確認するお妻様は、徐々にスイッチが入っていってはいる様子なので、ここで起動時間予測をしよう。ズバリ、75分！

「そういえば床もちゃんと片せてたよ。ばっちり綺麗だったよ」

「わたしはあんたを〜忘れはしない〜♪」

なぜそこで返事じゃなく歌が始まる⁉　しかもなぜ欧陽菲菲《オーヤンフィーフィー》？　まあいいか。

「刺繍針落ちてたけど。針刺しの場所考えないとね」

「まじでか！」

「あとキッチンペーパーの芯だけ落ちてた」

「それはだ。取っておいたらあんたが顎にあてて『ツタンカーメン〜』ってやるかと思って、捨てずに取っておいたんだよ」

やんないから普通に捨ててくれ。

猫の食事が終わると、足に軽くケガをした子にクスリをあげて、茶の間に戻ってくるお妻様。おもむろに起床時に抱えてきたPS4の箱の中に、本体をしまい出す。どうやら放熱性に優れた薄型新モデルを買ったので、それまでの初期型モデルを中古屋に売りに行く準備らしい。まあ確かにふたり暮らしの家にPS4は3台も要らんから（本稿連載時のお妻様出演料でもう1台買う予定らしい）、さっさと売ってくれるのは大賛成。

お妻様がゴソゴソやっている間に、僕はメールのチェックと返信などの仕事を進めて……ふと振り向くと、まだ箱と格闘しているお妻様。時計を見れば、なんとPS4の箱を手にしてから実に20分！　どうやら本体に緩衝材をはめて箱に入れるのに手間取っているらしい。

「やってあげようか」

「頼む」

で、僕が手にしてやってみたら、20秒でクリア……。

「セクハラセクハラハーンマー♪」

ごまかすな。というか、なにその危険な歌詞の歌？

本当に色々な家事ができるようになり、抱えてきた不定形発達が定形発達にまで進化したのではと思わせるシーンもあるお妻様だが、やっぱりそう簡単な問題ではないのだと痛感する。けれども、PS4を箱にしまう職場に勤めたら彼女の不自由は障害になるが、家では僕がやればいい。家庭改革の中で僕たちがお互い最も発達させたのは「開き直り」だ。

「色々やれてるのに、なんでこういうことはできないんだろうね」

「しかたないじゃん。やれんもんはやれんのだから」

見事な開き直り。そしておもむろにPS4の箱を壁に立てかけ、立ち上がって廊下に出て、階段を上っていくお妻様。

「え、どこ行くの？」

「あなたを惑わすピンクパープル。さようなら！」

って寝るんかい！

起動時間予測は大外れ。茶の間に降りてきてから1時間3分でお妻様は寝室に戻り、しばらくしてまだ寝ているのかと思って見に行けば布団の上でなにかの電源コードの隙間の汚れを楊枝でほじくり返しているのであった。

*

寝室に静かに響く、秋の雨音。来年もまたふたりで同じように平穏な気持ちで秋雨の音を聞けるかどうか、誰も僕に確約はしてくれない。お妻様が「5年生存率8％」の告知を受けてからもうすぐ6年。いや、まだ6年……。途中で僕自身もぶっ倒れてしまったけれど、本音を言えば僕はまだお妻様の脳腫瘍の再発と「喪失」を恐れている。

夫婦の形は人それぞれで、正解の形もまた数えきれないほどあるのだろう。けれど、少なくとも僕らは辛いこともたくさんあった18年間を経て僕らなりの正解に肉薄することができたと思うし、有限の夫婦生活を一日一日、噛み締めて生きていきたいと思っている。

「お妻様、こういう俺ってちょっと面倒くさい奴?」

「面倒くさいねえ。あんた少女漫画に出てくるトキメキ初恋中2少女みたい。まあ、あたしも他の人から見たら相当に面倒な女だと思うけどね」

ああ面倒くさい。しかし面倒くささで張り合ってどうするお妻様。というか、一年中がワクワク昆虫観察男子小学生みたいなおまえに言われたくないわ。

ともあれ、紆余曲折の18年、我が家は今、失いたくない平穏に満ちている。

あとがき

我ながら長大な駄文を書いてしまった印象がぬぐえませんが、さすがに妻と歩んだ18年半の人生、ほんの一部を切り取ったつもりでこの文章量です。それでも、当事者とその周辺者の関係性というのはあまりにも千差万別で、どれほどの読者に役立つのかという不安もあります。しかし、同じ不自由を抱えていても、障害の出方が様々なのは、まさに個人個人の環境の違いが障害の違いになってくるからでしょう。あとがきというにはちょっと長すぎますが、もう少しだけお付き合いください。

今回、僕ら夫婦のことを一冊の本に書くにあたり、お妻様という人物についてその生い立ちから聞き取りをしましたが、改めてふたつのことを感じました。

まずひとつ目は、思っていたよりもお妻様の脳内の思考プロセスが「特殊」ということ。元々お妻様は脳内の思考がそのまま言葉になってしまう傾向が強くて、小学校高学年まで動物や人形に対する語りかけ（一日の報告）や、街中で歩きながらの独り言がなかなかやめられなかったと言います。現在に至っても見た文字をそのまま口に出してしまうので、車の運転のときに助手席に座らせれば流れゆく看板を片っ端から読み上げてしまうし、家でニュースを見ていてもその内容や感想をずっと語っているので、他の作業をしている僕にはちょっと苦痛です。

そんなお妻様なので、その聞き取りは取材記者を10年以上続けてきた僕にとっても、困難を極めるものになりました。滔々《とうとう》と言葉は出てくるのですが、そこにはほとんど脈絡というものがないのです。よくよく観察すると、お妻様の記憶は自分の中でも時系列で整理されていないことがわかりました。「小学校1年のことだけ話して」と言うと、途端に言葉が出なくなりますが、自由に発想させると2年生の記憶が6年生の記憶を想起させ、その6年生の記憶をきっかけに1年生の記憶がよみがえるといった風に、会話の中で時代がどんどん飛んでしまいます。しかもそれぞれのエピソードの途中で話が連想した先に飛ぶし、最近のことを懐かしそうに話す一方で昔の話を昨日のことのようなトーンで話すこともあって、聞き取る側は大いに混乱です。

さらにお妻様の記憶はエピソードが異常なほど詳細で、登場する人物の家庭環境だとか好きな音楽だとかといった膨大な付加情報の記憶がどんどん言葉として出てきてしまい、聴き手としてもなんの出来事を話したいのかわからなくなるし、お妻様も自分で話しながらなにを言いたかったのかがわからなくなるということがたびたびありました。

お妻様は知的なスペックはかなり高いし、記憶力は本当に突出していて詳細な内容にまで及ぶものですが、それがこんなにも脳内で整理されていないというのは衝撃でした。なんだかものすごい馬力のエンジンを貧弱なシャシに積んだ車みたいですが、お妻様がこれまでの人生でも人に伝えたいことをうまく伝えられないというもどかしさを抱えてきただろうということや、あまりのまだるっこしさに集団からは排除されがちだったことが想像できて、改めてしみじみ胸が痛くなりました。

本書のために取材を受けるのはお妻様としても辛いことだったと思いますが、僕自身も今後はもっとお妻様の言葉を待ち、考えが整理できるように会話の中で手伝ってやらねばと思ったのでした。

生い立ち取材の中で感じたもうひとつのことは、お妻様の抱えた苦しみはその発達の問題のみならず、どうしても育ってきた家族環境とは切り離せないということでした。

お妻様の子ども時代は、注意障害に加えて多動や衝動性も激しくあったと思われます。同居していた叔父に叱られたことに逆ギレしてガラス窓を素手でたたき割ったり、通学路ではあらゆる花という花を毟って歩き、飼っていた犬ともどう遊べばよいのかわからずに階段から突き落としたり戸棚に閉じ込めたり、その犬の眉毛を切ろうとして瞼《まぶた》を切ってしまったこともありました。小学校ではなにかのきっかけでからかってくる男子がいるたびに、反論の言葉よりも手が先に出て、暴力で応酬していたとのこと。ン十年ぶりの同窓会で立派な中年男性に「おまえにはよくいじめられたなあ」などと言われて申し訳ない気分になっているお妻様なのです。

一方で、そのお妻様を育てたお義母さんは、この激しく育て辛かっただろうお妻様を、本当にギリギリの混乱状態の中で育ててきました。本文中にもありますが、お義母さんが嫁いだ家（お妻様の実家）は東京の下町に三代続いたそこそこの規模の金属加工業の工場で、お妻様はその跡継ぎという、今思えば少々時代錯誤な未来を、その祖母から求められていました。そんな中、お妻様は子どもの頃から火を使うことも刃物を使うことも（つまり台所仕事）の全般を「跡継ぎ娘が怪我をしたらどうするの」という理由で禁じられていましたが、これはお義母さんが強要したのではなく、嫁に入った家のルールとしてそうせざるを得なかったというのが正しいでしょう。多動で好奇心旺盛なお妻様のパーソナリティとはあまりにもギャップのある姑（＝お妻様の祖母）の方針に、お義母さんとしては娘をジッとさせ、怪我をさせないだけでも精いっぱいだったのだと思います。が、結果としてこうした行動制限はお妻様の発達や学習の機会を奪うことになってしまいました。

加えてお妻様が小学校に上がってしばらくすると大姑（お妻様の曾祖母）の介護が始まり、元来病弱で遊び人の姑に代わってお義母さんは寝る間もなく介護生活に明け暮れます。大姑が亡くなってその介護が終われば、今度は相続争いがスタート。中学入学後には家庭の経済状況も極めて悪化し、お義母さんは最大みっつのパートを掛け持ちしつつ、家事もすべてひとりでこなすという日々に突入します。

本書ではたびたびお義母さんの叱責と否定がお妻様の発達と自尊心を奪い壊してきたことを書いていますし、お妻様にとってのお義母さんがいわゆる「毒親」であったことは間違いありません。でも、お義母さんの立場になってみれば、猛烈な暴れん坊の子ども時代のお妻様を抱えて、どうすればよかったのでしょうか。僕自身の恩人でもあるお義母さんに、僕は「お義母ちゃんもやれる最大限のことを本当によくやった」としか言うことができません。しいて言うならこの混乱状態の中、お妻様の父親が趣味人生を謳歌し、家庭にほぼ不在だったことは責めてしかるべきだったとは思いますが……。

お妻様の発達にとってお義母さんは大変加害的でしたが、お義母さん自身も時代錯誤な「大家族制度」というものの被害者でした。また、お義母さんは時代の被害者であるというだけでなく、見事なまでに多動で注意欠陥で、大人の発達障害当事者の疑いが色濃いパーソナリティの持ち主であり、そのことで子育てにも家庭の運営にも一層苦労したことは言うまでもありません。

発達のアンバランスは遺伝する可能性があるので、当事者の親もまた当事者ということは往々にしてあります。家庭内という狭い世界で似た者同士が傷つけあう姿は、不定形発達当事者を取り巻く日常風景でもあり、お妻様とその家族もまたいくつもの傷つけあう家族の一ケースだったのだと思います。

ではどうすればいいのでしょうか。どうすればよかったのでしょうか。人が生きる環境は、概ね社会と家庭にあります。独居の成人もいますが、生物学的な親がいない子どもはいません。

*

まず、社会はどうあるべきなのかを考えます。

昨今、発達の不定形さが個人やその周囲に苦しみを与えることがようやく可視化されてきたことは、歓迎すべき潮流だと思います。一方で「発達障害という言葉が独り歩きし、それがビジネス化し、診断基準ができたことで発達障害が増えた」という言説や「欧米食が発達障害を増やしている」といったエビデンスに乏しい言説や「開発途上国には発達障害児はいない」といった視座も根強くあります。これは実際にある当事者の苦しみを無視しかねない無責任な言説で、絶対否定すべきものだと僕は思っています。

様々にある「なぜ発達障害が増えているのか」の言説の中で、僕自身高次脳機能障害の当事者として支持できると直感したのが、「現代が不定形発達の不自由を障害にしやすい環境に変容してきているから」という論考です。

非常に興味深い指摘が、先般出版された『子どものための精神医学』（滝川一廣・医学書院）という本にありました。子どもの発達の基本から、不定形発達でつまずくことがどんなことなのか、そのつまずきで子どもが抱える苦しさはどんなものなのかといったところまでを深く考察した名著ですが、そこにこんな記述があるのです。

１９５０年代までの日本人の多くは第一次産業（農林水産業）で働いていたが、60年代には第一次産業と第二次産業（工業・製造業）の比率が逆転し、第一次産業人口は急速に減る。さらに高度成長を経て１９７５年からは第三次産業（商業・サービス業）が過半数となり、現代日本では就業人口の70％がこの第三次産業に従事している。農業をはじめとする第一次産業は「自然」にはたらきかける仕事であり、感受性のパーソナリティである発達障害当事者にはある意味向いている仕事だった。第二次産業も「もの」にはたらきかける仕事で、たとえ不愛想で偏屈に見えても問われるのは職人としての仕事で、むしろ常識知らずは独創を生み、脇目をふらぬ没頭は天分や才能とみなされた。だが一方で第三次産業は「ひと」にはたらきかけることを仕事とし、対人配慮性や対人協調性が求められる。そうした第三次産業が就労の多くを占めるようになった結果、「ひととの対話は苦手でも自然と対話ができる」「不愛想で偏屈に見えてもいい仕事をする職人」といった人々（不定形発達）のパーソナリティが障害特性となり、周りからはじき出されやすくなった。（※鈴木の解釈でまとめてあります）

このシークエンスで指摘されている当事者は発達障害の一部に限定されていましたが、なるほどと思えます。仕事の現場というのは、人の人生で家庭と共に大部分の時間を過ごす場所で、その仕事の多くが産業の変遷とともに発達に問題のある者の「障害化」を招いたという言説は、非常に納得できるものです。けれど、こうした産業構造そのものを過去に戻すことは不可能です。社会全体が発達に問題のある者を理解し共生してゆく構造に変えていくのは絶対に必要なことですが、これもまた遠大な話になってしまうかと思います。

では一方の環境である家庭は、時代と共にどのように変遷したでしょうか。これは男女の性差によって大きく変わってくるように思います。

過去の家族システムの中では「男子厨房に入らず」の言葉に代表されるように、男性は不在であるか、偉そうにふんぞり返っていても良いという時代でした。その意味では男性の存在自体が家庭運営の中では非協力的で加害的ですらあったと思いますが、昨今こうした男性像は家庭には不要だと言い切って良いと僕は思います（それは女性の支援や犠牲の上にあるものだから）。

現在では男性も家事や育児への参加が求められ、その中で発達に問題のある男性当事者は不自由を障害にしてしまったり、やはり家庭内で加害的にも被害的にも傾いているかと思います。また、抱えた不定形発達が大きな場合は、そもそも家庭はもつに至らず、独居の「中年童貞」やパラサイトシングル的なところに収まっているケースも多々あるのではないでしょうか。

他方、かつての女性が「家の持ち物」であり奴隷的ですらあった時代で、不定形発達の女性は、家庭の中でやれないことの強要と、できないことによる排除という非常に被害者性の強い立場に置かれていたと思います。お妻様や、同じように発達に問題のある女性と接していると、才女でありつつ家庭人にはなれず不遇の末路をたどった坂本龍馬の妻（楢崎龍《ならさきりょう》）の生きざまなどを重ね合わせてしまいます。そして多くの家事が機械化していく一方で核家族化は家事育児をする「手の減少」でもあり、共稼ぎ化の進行とのダブルパンチで、家事の機械化による手間の減少など相殺されてしまっているかと思われます。女が家事をするものという決めつけがまだまだ強いことは、いまだ「片づけられない女」や「料理のできない女」はコンテンツになっても「片づけられない男」「料理のできない男」はコンテンツにならないことや、イクメンは評価されても子育てに積極的な女性がコンテンツにならないことからも明らかでしょう。

ですが、家庭には2種類あります。生まれ育つ家庭と、結婚（に限らないが）によって新たに作る家庭です。生まれ育った血縁の家庭を選ぶことはできませんが、その後の家庭は、そのパートナーは、自ら選ぶことができる。それは、生き辛さを抱えた当事者が、自らで自身の支援者を選び、作ることができるということでもあります。

どうでしょう。あらたに家庭を作り、またその家庭の中を生きやすく改善していくことと、社会全体の構造を改革していくことと、どちらが手をつけやすいでしょうか。家族というものに、少し希望の未来を見いだしてみたくなります。

もちろん保守論陣がごり押しし続けている「古き良き大家族制度への回帰」のような、個人の障害に対するケアや社会が負担すべき扶助を政策として家庭に押しつけるのは大変ナンセンスで、家庭万能主義みたいな意見には加担したくありません。けれども、現状ではあまりにも遠い「不自由なものに優しい社会」をやみくもに目指すのもまた、理想到達までの長い間当事者を苦しめ続けることにもなります。

なにより当事者にとって、最も身近な家族が理解者でないことは最も辛いことですし、逆に最も身近な家族が理解と支援を与えてくれることは、本当に心強いことです。押しつけがましくも感じますが、人が生きていくうえで最大のリスクは孤独・孤立だというのが、これまでの記者活動で僕が痛切に感じてきたことでもあります。

家庭の改革や、その家庭の中で当事者が生きやすさを見つけることは、今日からでもできることです。そして、当事者も周辺者も楽になっていく共生のプロセスが蓄積されていくことが、社会全体の構造変革という遠大な未来につながっているように思えてならないのです。

本書がそんな未来への一助となることを望みます。

本書の執筆にあたり、ご協力をいただいたすべての方たちに謝辞を申し上げます。

露木様・今橋様（講談社・本書編集）、西様・松倉様（新潮社）、高部様・前田様（東洋経済新報社）、峯尾様（北原国際病院）、鈴木様・大口様（鈴木成一デザイン室）、小山様（イラストレーション）、お妻様、お義母ちゃん。

鈴木大介（すずき・だいすけ）

一九七三年千葉県生まれ。「犯罪する側の論理」「犯罪現場の貧困問題」をテーマに、裏社会・触法少年少女らの生きる現場を中心とした取材活動を続けるルポライター。著書に『家のない少女たち』『援デリの少女たち』『振り込め犯罪結社』（いずれも宝島社）、『出会い系のシングルマザーたち』（朝日新聞出版）、『家のない少年たち』（太田出版）、『最貧困女子』（幻冬舎新書）、『老人喰い』（ちくま新書）、『脳が壊れた』（新潮新書）、漫画『ギャングース』（ストーリー共同制作、講談社）など。

されど愛《いと》しき妻《つま》様《さま》
「大人の発達障害」の妻と「脳が壊れた」僕の18年間

二〇一八年一月二十三日　第一刷発行
二〇二一年六月十一日　第六刷発行

著者　鈴木大介《すずきだいすけ》

発行者　鈴木章一
発行所　株式会社　講談社
東京都文京区音羽二丁目一二―二一　郵便番号一一二―八〇〇一
電話　編集〇三―五三九五―三五二二
販売〇三―五三九五―四四一五
業務〇三―五三九五―三六一五
印刷所　株式会社新藤慶昌堂
製本所　株式会社国宝社

ISBN978-4-06-220888-8　JASRAC 出 1713271-701

KODANSHA